역세권보다 책세권

동네책방 분투기

동네책방 분투기

초판 발행 ∣ 2023년 1월 15일
2쇄 발행 ∣ 2023년 5월 15일

지은이 ∣ 박태숙 강미
펴낸이 ∣ 신중현
펴낸곳 ∣ 도서출판학이사

출판등록 : 제25100-2005-28호
주소 : 대구광역시 달서구 문화회관11안길 22-1(장동)
전화 : (053) 554~3431, 3432
팩스 : (053) 554~3433
홈페이지 : http:// www. 학이사. kr
전자우편 : hes3431@naver. com

ISBN _ 979-11-5854-404-1 03810

역세권보다 책세권

동네책방
분투기

글 박태숙 강미

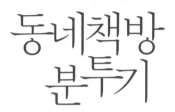

學而思｜학이사

차례

책세권 성장기

책세권으로 이끈 사람들

나가는 글

국어 선생보다
시골 책방지기가 더 좋다고요?

한 사람의 특징을 잘 보여주는 건
아무래도 직업이겠지요.

저는 고등학교 국어 교사입니다. 벌써 30여 년이 흘렀으니 싫든 좋든 국어 교사의 평균적인 모습을 가지고 있을 겁니다.

한편 저는 소설을 쓰는 사람이기도 합니다. 대학 시절부터 꿈꾸었던 소설가 명함은 서른아홉 살에 얻었습니다. 여고 도서반 아이들이 일 년 동안 책 읽기를 통해 성장하는 내용을 다룬 장편소설로요. 국어 교사였기 때문에 잘 쓸 수 있었던 제재였으니 나름 직업 덕을 본 겁니다.

그 후에도 저는 제 삶터인 학교 이야기를 다룬 청소년소설을 썼습니다. 잘 쓰고 싶으니 잘 가르치려 애쓰게 되고, 그러다 보니 그만큼 글도 다채로워졌습니다. 교사와 작가의 선순환을 경험하며 조금씩이나마 성장할 수 있었던 겁니다.

그 서른아홉 살에 만난 사람 중에 박태숙 선생이 있습니다. 같은 학교에 근무하게 된 건데 그녀는 교내외 모임을 이끄는 좌장으로 바빠 보였습니다. 따르는 이들도 많아 그녀 주위엔 문제를 의논하거나 해결하려는 젊은 교사들로 북적였고요.

어느 날 그녀가 자기 집에서 밥을 먹자고 하더군요. 느닷없이 붙들려가 함께 밥을 먹게 되었고, 차를 마시며 이야기를 나누었습니다.

밥을 나누는 것은 삶을 나누는 일

그 이후 밥과 말이 거듭되며 신뢰도 쌓였습니다. 한솥밥의 힘이었고 그녀는 그 힘을 즐겁게 쓰는 사람이었습니다. 이야기가 깊어지면서 그녀의 가치관이 저와 크게 다르지 않다는 걸 알았습니다. 성적보다는 내면 성장을, 승자독식보다는 함께 나아가는 삶을, 그걸 가르치고 꿈꾼다는 점이 그랬습니다. 그녀는 교내외 활동으로 저는 청소년소설로, 그 도구가 달랐을 뿐이었습니다.

어느 날 그녀가 땅을 보여주었습니다. 퇴직하면 집을 지을 거라면서 말입니다. 박제상기념관 옆, 큰길가 반듯한 땅이더군요.
저는 그날부터 그녀와 그녀의 땅에 제 소원을 얹었습니다. 평생의 가치를 실현할 수 있는 공간을 소망했고, 제 주위에 그 일을 꾸려낼 만한 일꾼은 그녀밖에 없었기 때문이었습니다. 사람들의 판단은 거의 비슷하니 동료나 지인들도 문화공간이 필요하다고, 그녀가 적격자라고 말했겠지요. 무엇보다 그녀 자신의 인생 설계와 선택이, 그녀 남편의 동의가 있었겠지요.
그래서 여기, '책방카페 바이허니'가 태어났습니다. 비슷한 지향점을 가진 많은 이들의 소망에 힘입어서요.

시내에서 떨어진 시골에 카페를 겸하는 책방을 하겠다고 하니 듣는 사람마다 무모한 일이라고 했습니다. 학교를 그만두고 시작할 거라 하니 세상 물정 모르는 일이라 코웃음 쳤습니다. 정신이 번쩍 들었습니다. 그녀가 하는 일이라면, 그녀의 인맥이라면 안 될 게 없다고 생각했던 저는 뭐라도 하고 싶었습니다. 절대 망해서는 안 되는 공간이기에 뭐라도 해야 했습니다.

글을 쓰자고 제안했습니다. 그녀와 동네책방을 알리는 방법으로 그만한 게 없다 싶었지만 제가 할 수 있는 일이 그것밖에 없기도 했습니다.

함께 글 작업을 한다는 건 쉬운 게 아니었습니다. 개인 작업이 익숙한 저로서는 낯선 경험이었고요. 저는 건축설계 때부터 그녀 부부를 따라다녔고 그녀 주변 사람들을 인터뷰하기도 했습니다. 소설 창작과는 다른 즐거움이 있었고, 여러 사람을 만나며 제 삶의 지평도 넓어지는 경험을 했습니다. 그렇게 보고 들어온 이야기들이 한 꼭지씩 쌓였습니다.

관찰과 인터뷰를 통한 글은 제가, 건물을 짓는 과정과 책방을 운영하는 내용은 그녀가 썼습니다. 글과 사진을 가감하고 다듬는 건 함께했고, 마지막 단계에서 그녀의 문체로 통일했습니다. 그녀는 '저'로 드러나고 저는 'K'로 숨기로 했어요. 물론 가독성을 위해서입니다.

이야기는 크게 4가지로 풀어갈 예정입니다.

우선, 그녀를 책방카페로 이끈 것들에 대한 이야기부터 시작합니다. 국어 선생으로서 그녀에게 가장 큰 부분이었던 아이들과 학교 도서관, 그리고 지금의 그녀를 만들고 다듬어온 책을 다루었습니다. 현재란 항상 과거에 뿌리를 두고 있으니까요.

이어서 땅을 산 뒤 건물을 올리기까지의 7년 남짓의 시간을 복기해 봤어요. 나무와 풀, 사람들이 공유했던 흔적인 터 무늬들과 건물이 태어나는 과정을 담은 이야기 말입니다. 책방카페를 준비하는 독자를 생각하며 설계에서 시공, 실내외 공간 구성까지 최대한 자세하게 안내했습니다.

모방 없는 창조는 없는 법이라 도움받았던 책방 순례도 다루었으며 영업비밀일 수 있는 내용까지도 가감 없이 적었습니다. 전국 곳곳에 동네책방이 많아졌으면 좋겠다는 소망, 동네책방을 준비하고자 하는 분들에게 용기를 드리고 싶다는 소망 때문입니다. 동네책방이 망해서는 안 된다는 간절함에 동네주민들이 동네에서 소소하게 문화를 만들어내 보자는 꿈도 얹었습니다.

세번째 이야기 보따리에는 책방카페의 현재 모습을 담았습니다. 책방카페의 소소한 일상은 물론 저자와 함께하는 북토크, 한 권의 책으로 둘러앉아 삶을 나누는 북클럽, 누군가의 재능을 함께 나누는 강좌들, 시골의 농부와 도시의 손님을 잇는 손바닥장터 등 책방놀이터의 '재미있지만 남는 것도 있는' 이야기를 들려드릴게요.

마지막은 그녀를 책방지기로 이끈 사람들 이야기입니다. 당연한 말이지만 사람은 사람으로 성장합니다. 그녀 역시 가족, 친구, 선후배동료들을 보고 배우며 꿈을 현실로 만들 수 있었습니다. 고마운 마음으로 그분들을 호명하고자 합니다.

전국 곳곳에 카페는 무수히 많습니다. 카페와 결합한 동네책방도 제각각의 빛깔을 자랑하고 있고요. 이곳은 그 많은 책방카페 중의 하나일 뿐입니다. 그럼에도 불구하고 저는 '책방카페 바이허니'가 무척 자랑스럽고 좋습니다. 바로 제 옆에 있기 때문입니다. 역세권, 슬세권 못지않은 '책세권' 아닐까요?

바로 지금, 바로 여기!
사랑할 수밖에 없는
'책방카페 바이허니' 입니다.

바이허니 북스테이에서 씁니다.
강미

아이들,
도서관 귀신을
물리치다

책세권
입문기
1

굳게 닫힌 문을 노려보다가

저는 1988년부터 2015년까지 국어 교사였어요. 경북 봉화중학교에서 시작하여 울산 화봉고등학교에서 끝냈어요. 봉화에서 화봉이라, 글자 순서만 바뀐 게 꽤 재밌네요.

긴 세월 동안 돌고 돌아 원점으로 회귀했다는 느낌도 살짝 들지만, 그건 아니지요. 그동안 저의 내면이 만들어지거나 다듬어져 갔고, 학교에서 만난 평생의 벗들이 생겼으며, 새롭게 하고 싶은 일도 찾게 되었으니까요.

2002년, 학교 도서관은 창고와 다름없었어요. 어느 학교랄 거 없이 도서관은 끄트머리 구석진 곳에 있어서 아무도 찾지 않는 곳이었어요. 아이들 사이에 꽤 그럴듯한 도서관 귀신 이야기까지 나돌 정도였으니까요. 때로는 재밌고 때로는 그럴싸하기도 했지만, 국어 교사인 저에게는 마음 아프고 부끄러운 이야기였답니다.

바이허니에서 열린 첫 번째 '북콘서트'

어느 날 저는 굳게 닫힌 학교 도서관 문을 노려보았어요. 저 문을 열고 켜켜이 쌓인 서가 먼지를 털어내자 싶었어요. 오래된 전집류 대신 신간 도서를 비치해야겠다고 생각했어요.

아이들이 쉽게 접근할 수 있는 위치, 아이들의 성장 과정에 적합한 책, 다양한 독서 활동으로 북적이는 도서관……. 머릿속으로 행복한 그림이 그려졌어요.

지금 생각하면 너무도 당연한 최소 조건인데 그때만 해도 꿈같은 이야기였답니다.

그런데 말이에요. 그게 저 혼자만의 생각이 아니었어요. '학교 도서관을 살리는 전국교사모임'이란 게 꾸려지고 있더라고요. 이런 고마울 데가 있나! 울산의 국어 선생들도 모였답니다.

쏟아지는 새 책 중에서 우리가 직접 읽어보고 골라낸 걸 아이들에게 추천하자고요. 또, 추천만 하지 말고 아이들과 실제로 독서 활동도 해보자고요.

그 마음들이 모여 '독·도랑 놀자(도서실에서 독서하며 놀자)'가 시작되었어요. 울산의 여러 학교 국어 교사들이 격주마다 모여 읽은 책을 소개하고, 아이들과 나눌 독서 활동 내용을 의논했지요. '지금, 여기' 아이들의 삶을 다룬 청소년소설들을 소개하고 활동을 안내하는 자료집도 만들었고요. '노는 것처럼 즐겁게 책 읽는 학교 도서관 문화'를 꿈꾸며 서로를 다독이고 위안받는 동안 20년이라는 세월이 흘렀네요.

바이허니를 찾아준 신선여고 학생들

아이들과 마주한 '어린 나'들, 책으로 성장하기

'독·도랑 놀자' 모임 초창기에는 주로 청소년소설을 읽었어요. 문제가 생기면 동굴 속으로 들어가 버리는 사춘기 아이들, 그 아이들에게 말이라도 붙여보려면 아이들을 알아야겠다는 절박함이 있었거든요. 그런데 이게 웬일입니까? 청소년소설을 읽고 나누는 동안 전혀 예상치 못한, 뜻밖의 사태가 벌어졌어요.

저와 동료들의 사춘기가 꿈틀거리고 나오는 거예요. 어른, 게다가 선생이 된 여자들이 둘러앉아 어린 시절의 아버지와 엄마, 형제들에게 그때 왜 그랬냐고, 그때 섭섭했노라고 따져 물으며 울기도 했어요. 화내고 우는 선생에게, 과거에 받지 못했던 공감과 위로를 건네며 자기 이야기를 꺼내는 동료도 있었고요.

우리는 각자의 내면에 똬리 틀고 있었던 '어린 나'를 비로소 보듬을 수 있었지요. 아울러 지금의 아이들을 조금씩 이해했으며, 동굴로 들어가는 아이들에게 진심을 건네는 연습도 할 수 있었답니다.

수업 시간, 상담 시간을 통해 아이들에게도 청소년 책을 권하고 자신의 이야기를 끄집어내도록 했어요. 그러자 개인에게 맞는 책을 권할 수 있었고요. 아이들은 저마다의 취향과 목표에 따라 책을 찾아 읽고 또 책으로 길을 찾기도 하더군요.

아이들과 책으로 성장한 이야기를 하려니 독서·논술반 동아리도 빼놓을 수 없겠네요. 논술고사가 대학입시의 유용한 수단으로 인기있던 시절이었지만 진정한 논술은 글쓰기 기능이 아니라 진심을 전달하는 힘이라고 믿었기 때문이에요.

읽고 싶은 책을 두 주에 걸쳐 읽고, 셋째 주에는 글을 쓰고, 넷째 주엔 그 글을 돌려 읽고 짧은 의견을 달아주며 수업을 진행했어요. 교사는 물론 학생에게도 워낙 빡빡한 학사 일정상 제가 욕심낼 수 있는 최대치였답니다.

동아리 시간은 늘 부족하고 아쉽게 흘러갔지만, 아이들은 시간이 쌓이는 만큼 성장해 나갔어요.

지금도 생각나는 학생이 있답니다. 지극히 평범하여서 한 학기 동안 이름 부를 기회가 거의 없었던 학생이었어요. 말수가 적긴 동아리 시간에도 마찬가지였으나 꼬박꼬박 책을 읽고 정성껏 글을 써내더군요.

그래서였겠지요? 시간이 지나면서 저뿐 아니라 다른 학생들도 그 친구 글을 기다리게 되었어요. 그 학생은, 열심히 읽으니 쓸 거리가 있고 쓰는 과정을 통해 더 잘 읽어내는, 책과의 선순환을 경험하는 진정한 독자였어요. 언젠가 그 학생이 책으로 받은 위안, 책으로 자라난 자기 성장에 관한 글도 썼더군요.

존재감을 넘어 자존감이 점점 자라는 학생을 바라보는 제 마음 역시 뿌듯하더군요. 그 이후, 독서가 왜 필요한지 말해야 할 때, 저는 그 학생 글을 아이들에게 읽어주었어요. 저는 책의 힘을 믿는 교사로 지냈고요.

책방지기로 이끈
책 몇 권

책세권 입문기 2

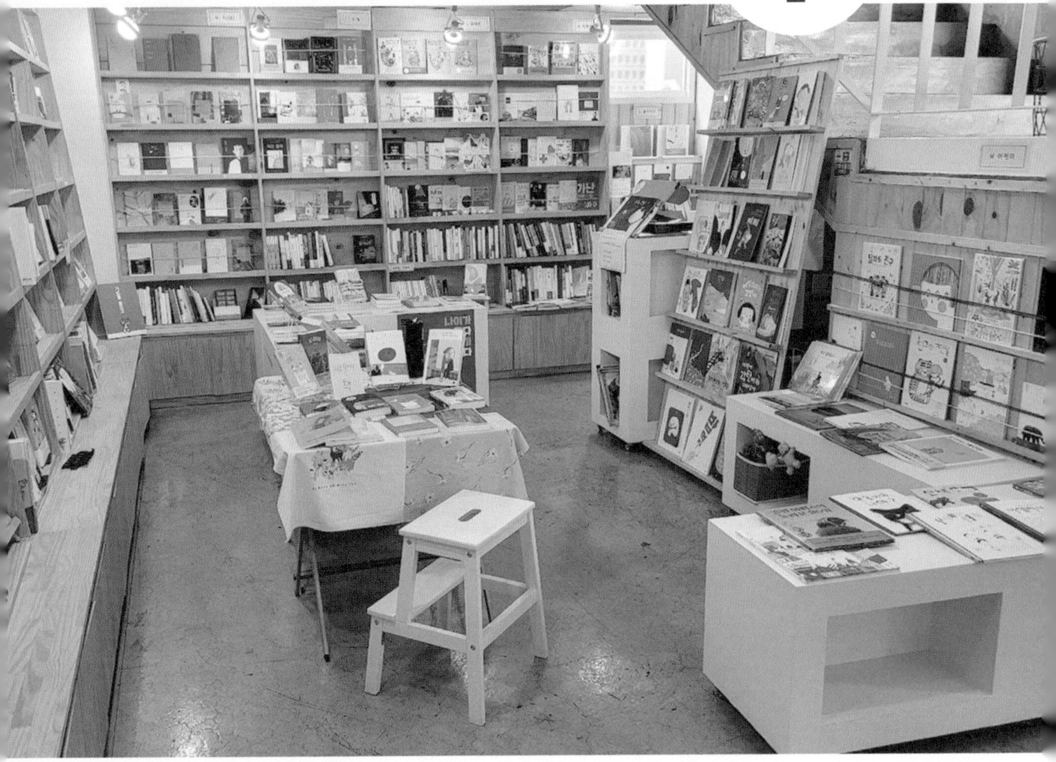

내 영혼의 비밀 장소는 어디인가

『내 영혼이 따뜻했던 날들』(포리스트 카터, 아름드리미디어, 2003)

힘들 때마다 저절로 손이 가는 책이 있어요. 가끔 펼쳐보면 책 갈피에 메모도 군데군데 있어 추억에 잠기기도 좋더라고요. 제 게는 『내 영혼이 따뜻했던 날들』이 그런 책입니다.

원래 제목은 『작은 나무를 위한 교육』, 북미 원주민 꼬마 '작 은 나무'가 불의의 사고로 부모를 여읜 뒤 조부모와 함께 숲속 에서 살며 성장하는 이야기예요.

할아버지는 작은 나무를 억지로 깨우지 않고 마당에서 소란을 떨어요. 작은 나무가 잠들어있는 방 벽을 온몸으로 부딪치기도 하고요. 쿵쿵거리는 소리에 작은 나무가 부스스 눈을 뜨고 나오 면 할아버지는 이렇게 일찍 일어나는 어린이는 처음 봤노라며 너스레를 떨어 줘요.

할머니는 가끔 과자 반죽에 귀하고 비싼 설탕을 엎지르는 실 수를 해요. 덕분에 작은 나무는 달콤한 과자를 먹을 수 있고요. 설탕을 실수인 척 쏟을 줄 아는 할머니는 작은 나무에게 사람들 은 몸을 꾸리는 마음과 영혼을 가꾸는 마음이 있다고 해요. 또 할머니는 이런 말도 해요. 체로키 인디언이라면 누구나 비밀의 장소가 있다며 다른 사람을 이해하는 영혼의 마음을 키우기 위 해서는 자신만의 비밀 장소가 필요하다고 말이에요.

할아버지와 할머니는 서로에게 "I kin ye."라고 말하는데 kin 은 '이해하다'라는 뜻을 가지고 있대요. 사랑하기 위해서는 먼저 이해가 필요한가 봐요.

살아오는 동안 도무지 이해할 수 없는 사람이 많았어요. 저는 이해할 수 없는 사람들이 미웠고 변하지 않는 그들이 답답해서 거리를 두거나 연락을 끊기도 하였어요. 제 능력으로는 어찌할 수 없다고 생각하면서 말이에요. 그러던 어느 날 소설에서 작은 나무 할머니의 말을 만났어요.

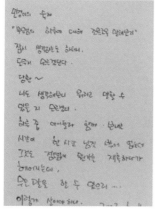

"몸을 챙기는 마음을 많이 쓰면 영혼을 가꾸는 마음은 밤톨만큼 작아진다."

그 순간 저도 깨달았답니다. 그동안 사람들을 이해하지 못했던 것은 영혼의 마음이 밤톨만큼 작아졌기 때문이었다고요. 밤톨만큼 작아진 영혼이 쪼그려 앉아 울고 있었던 거예요. 춥고 외롭고 슬프다고……
할머니는 다시 말했어요.

"영혼의 마음은 근육과도 같아서 쓰면 쓸수록 크고 튼튼해질 수도 있다."

이 문장을 통해 드디어 저도 '쓰면 쓸수록 튼튼해지는 영혼의 마음'을 경험하기 시작했어요. 그래서 지금도 저는 지치고 힘들 때마다 이 책을 만난답니다.

받은 만큼 돌려주는 자연 법칙대로 사는 삶
『통섭적 인생의 권유』(최재천, 명진출판, 2013)

과학자 최재천 아시지요? 그의 글이 아주 인문학적이라는 것도 아시나요? 인간의 삶이 자연의 원리에서 한 치 어긋남이 없기 때문이라고 하더군요. 그래서 최재천 교수는 자연으로부터, 동물로부터, 개미로부터 세상살이 이치를 발견하여 사람들에게 전달하는 통섭학자라고도 일컬어져요.

'통섭'이 뭘까요? 통섭은 원효대사의 말에서 인용한 단어로 '모든 것을 다스리다'라는 의미라고 해요. '모든 것은 연결되어 있다'라는 부처님의 말씀(연기론)과도 맞닿아 있겠지요.

그는 이 책에서 두 가지 삶의 태도를 이야기합니다. 첫째는 '받은 만큼 돌려주는', 자연의 법칙대로 사는 태도예요. 인간도 결국 지구 위의 작은 존재에 지나지 않으니 이 사실을 인정하고 자연의 일부로 겸허하게 살자는 거죠. 저는 그가 제안하는 통섭적 삶의 태도에 전적으로 동의해요. 저 역시 인간은 자연을 부리는 존재가 아니라 거대한 우주 속의 티끌 같은 존재라는 것을 알게 되었기 때문이지요. 저는 흙을 딛고, 흙과 가까이 살며 자연의 일부라는 것을 몸으로 느끼고 싶어요. 지나가는 길냥이와도 눈 맞추며 함께 행복해지자고 눈인사 나누며 살고 싶어요.

둘째는 두려워하지 않고 이것저것 시도해 보는 삶의 태도를 중요하게 여기는 거예요. 이를테면 공이 날아올 때마다 너무 재지 않고 방망이를 휘두르다 보면 단타도 치고 때로는 만루 홈런도 치게 된다는 것이지요. 피카소도 그런 얘기를 했는지 '피카소처럼' 사는 태도라고 덧붙였군요.

저는 어릴 때부터 호기심이 많았어요. 새로운 장소에 가보는 것, 새로운 사람을 만나는 것, 새롭게 뭔가를 배우고 따라 해보는 것이 즐거웠어요. 그래서였을까요, 추진력은 있으나 지구력이 떨어진다는 주변의 평가를 받기도 했지요. 그게 저의 한계이자 단점인 줄 알았고요.

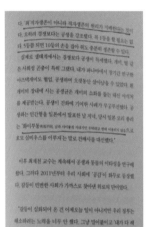

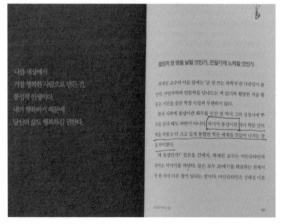

그런데 이 책을 읽으며, 피카소와 최재천을 만나며 마음이 편해졌어요. 두려워하지 않고 이것저것 하다 보면 제가 오래 할 수 있는 일도 찾을 것이기 때문이지요.

저는 국어 선생을 그만두었어요. 이웃들은 그 좋은 직장을 왜 그만두냐고 아쉬워하더군요. 물론 교직도 나쁘지 않았어요. 십 대의 활기찬 기운 속에서 진행했던 수업은 즐거웠고, 동료들과 힘을 합쳐 학교를 변화시키는 일도 보람 있었어요. 하지만 어느 순간부터 좀 다르게 살고 싶더군요. 재지 않고, 날아오는 공을 이것저것 쳐보고 싶었어요.

최재천 교수가 『당신의 인생을 이모작하라』(2005)라는 책에서 했던 얘기도 있어요. 오십 이후의 인생은 '환원 인생'이라더군요. 오십이 되기까지는 목표를 향해 땀을 흘리며 산을 오를 시기라면 오십 이후에는 삶의 의미를 찾으며 산에서 내려가는 여정이라고 말이에요.

그러니까 저도 그동안 교직에서 배웠던 많은 것들을 이제 자연 가까이에서 환원하면서 살고 싶은 거예요. 이것이 제 인생 이모작 꿈이랍니다.

이게 '빨갱이 맛'이라구요?

『백석의 맛』(소래섭, 프로네시스, 2009)

우리나라 시인들이 가장 사랑하는 시인은 누굴까요? 한 문예 잡지 설문 조사에 의하면 백석이라네요. 그런데 저는 대학에서는 백석을 배우지 못했어요. 현대문학을 가르치던 교수님이 백석이란 이름을 분필로 무수히 찍으며 말끝을 흐렸던 기억만 있어요.

믿기 어렵겠지만, 백석의 시를 읽는 것만으로도 국가보안법에 걸렸던 시절의 이야기예요. 백석은 6·25전쟁 후 월북했다는 이유만으로 '빨갱이'라는 거예요. 맞아요. 부끄럽지만 그런 때가 있었답니다.

백석의 고향은 평안북도 정주. 그의 시에는 평안도 사투리가 곳곳에 배어 있어요. 가족과 고향 사람들이 줄줄이 나오고요. 무엇보다 그의 시에는 무려 100가지가 넘는 평안도 음식이 등장한답니다. 메밀국수, 떡국, 가자미, 나물지짐, 멧돼지고기……

그런데요, 북한에서도 백석의 시는 반혁명적이라고 비판받았으며, 그는 결국 '삼수갑산'으로 불리던 귀양지 중의 귀양지 삼수에서 모든 창작활동을 금지당한 채 죽었어요. 백석은 과연 남한을 버리고 북한을 선택한 것일까요? 그저 가족들과 오순도순 국수를 나눠 먹던 고향을 선택한 것은 아닐까요? 백석 시를 읽을 때마다 빠져드는 상념이랍니다.

울산대학교 소래섭 교수가 『백석의 맛』을 출간했어요. 백석의 시에 담긴 고향, 고향의 사람들, 고향의 음식을 정리한 책이지요. 내용이 참 좋았어요. 그래서였을까요? 이런 생각을 했어요.

'그렇다면 우리도? 그래, 못 할 거 없지.'

당장 실행에 옮겼답니다. 저를 포함한 울산의 국어 선생들이 소래섭 교수와 함께 '백석의 맛'을 소환한 거죠. 산꿩을 삶는 평안북도 정주의 맛을 읽으며 '지금, 울산'의 맛을 펼쳤어요.

텃밭 채소를 솎아 비빔국수를 만들어온 정숙, 부모님이 농사지은 옥수수를 삶아온 수은, 땡초전과 막걸리를 가져온 희정, 수제 요거트에 온갖 과일을 담아온 지영, 소문난 맛집 김밥을 사온 자취생 수현······.

각각의 이야기와 손맛이 담긴 음식을 펼쳐 놓고, 백석의 시와 함께 먹었답니다. 지금, 여기에서 나눠 먹은 음식이 훗날 친구들의 '고향의 맛'이 될 것이라 느끼며 평소 지론이었던 '한솥밥 먹기'의 힘도 다시금 확신할 수 있었던 시간이었어요.

저는 가족보다는 식구라는 표현을 좋아해요. 식구란 '함께 밥을 나누는 관계'지요. 그래서일까요? 저는 많은 사람을 밥으로 만났어요. 지금도 다르지 않고요.

편리함보다는 편안함을 주는 공간이 좋아

『지적자본론-모든 사람이 디자이너가 되는 미래』(마스다 무네아키, 민음사, 2015)

책 제목이 딱딱하지요? 소제목이 아니었다면 저도 지나치고 말았을 거예요. 운명적으로 만난 책이기도 하고요.

어느 날 제가 갑자기 쓰러져서 뇌 수술을 받았거든요. 치료와 회복을 위한 휴직 중에 이 책을 만났고, 이 책을 읽으며 학교를 그만두겠다고 결심했으니까요. 책방카페 꿈을 더는 미룰 수 없게 했고 실질적인 도움도 많이 받은 책이에요.

이 책은 일본 서점계에 혁신을 이루어낸 츠타야 서점의 경영 철학이 담겨있어요. 지적자본은 다름 아닌 '삶의 방식을 제안해 내는 능력'이라는군요. 세상의 재화와 정보는 이미 넘쳐나고 있으니 그중에서 각자의 삶에 적합한 재화와 정보를 제안해 주는 능력(큐레이팅)이 미래사회에 꼭 필요한 직업이고, 그 능력이 바로 지적자본이라는 것이지요.

츠타야 서점은 편리함보다는 편안함을 주는 공간을 추구합니다. 서점 건물을 지을 때 부지 안에 있는 커다란 느티나무를 베지 않고 그 나무를 중심으로 몇 채의 건물을 이어서 지었다네요. 물론, 효율적인 공간 배치와는 거리가 멀지요. 하지만 효율성보다는 그 느티나무가 주는 행복감을 선택했다고 해요. 이른바 '휴먼스케일'입니다. 소비의 패턴이 점점 바뀌고 있다는 진단에도 고개를 끄덕였습니다.

산업사회 초기의 상품은 실용성이 충족되면 잘 팔렸지만, 이후엔 디자인으로 부가가치를 높인 상품이 잘 팔렸대요. 지금은 디자인이 새로운 삶의 스타일을 '제안'할 수 있어야 팔리는 단계라고 하고요. 그래서 츠타야 서점은 책만 파는 것이 아니라 '책 속에 담긴 삶을 제안'하는 책방이라고 해요.

책은 어떤 사람의 가치나 경험이 담겨있는 보물이지요. 그렇다고 모든 책이 모든 이에게 필요한 것은 아니에요. 너무 많이 쏟아지기도 하구요.

츠타야 서점은 책 속에 담겨있는 삶을 꺼내서 책방에 온 독자들에게 제안하는 것이 책방의 새로운 역할이라고 강조하더군요.

그 일을 할 수 있는 능력이 북 큐레이터의 지적자본이구요. 공공도서관처럼 십진분류법에 따라 일관되게 배치하는 대신에 계절에 따라, 상황에 따라, 책들을 고르고 모아서 삶의 스타일을 제안해 주는 것이 새로운 서점이 할 일이라는 거지요.

이런 자본이라면, 이런 자본주의라면 꽤 멋지지 않나요?

앞으로도 그 길을 갈 거죠?

『보노보 혁명』(유병선, 부키, 2007)

『보노보 혁명』은 읽는 내내 저를 생각했다며, K가 선물한 책이에요.

사람의 본성은 침팬지의 폭력적이고 이기적인 본성에서 비롯되었다는 말을 많이 들었어요. 학자들의 연구 결과라고 하더군요. 유전자에 아로새겨진 그 본성이 자본주의와 만났으니 현대 사회의 탐욕과 무한경쟁은 불가피하다는 거죠. 승자독식과 인간 소외는 어쩔 수 없다는 것이고요.

그런데 이 책, 『보노보 혁명』은 다르게 말하고 있어요. 보노보는 침팬지와 마찬가지로 인류의 또 다른 친척인데 서로 평등하고 평화롭게, 낙천적으로 살고 있어요. 그렇다면 사람의 본성 역시 보노보에서 비롯한 것도 있겠지요?

맞아요. 생각해 보니 그렇더라고요. 이 세상엔 침팬지 같은 사람만 있는 게 아니에요. 보노보 원숭이의 본성에 충실한 사람들이 많아요. 이들은 "침팬지 경제학의 돈독을 씻어 내고, 벼랑 끝에 내몰린 사회적 약자들에게 자활의 손길을" 내밀어요.

예를 들어 존 우드라는 사람은 마이크로소프트사 임원 자리를 버리고 가난한 나라에 도서관과 학교를 지었어요. 비영리활동에 기업가 방식을 접목하는 데이비드 그린도 마찬가지라 그는 인공 수정체와 보청기를 개발하여 싼값에 공급한답니다.

어느날 강의가
숙제처럼 주고 간 책.

가난한 농민에게 관개용 펌프, '머니메이커'를 저가 판매하는 마틴 피셔도 있고 가난한 이들에게 무담보 대출을 해주는 그라민 은행, 노년층을 대상으로 사회 공헌 프로그램을 연출하는 시빅 벤처스도 있네요. 모두 돈도 벌고 세상도 구하는 보노보 기업, 보노보 기업가네요.

저는 이 책을 읽으며 사람의 유전자 중 보노보 원숭이로 상징되는 공감적 사회성에 환호했어요. 막연하게나마 그려왔던, 협력하고 배려하는 삶이 그저 꿈이 아닐 수도 있겠다 싶었으니까요.

다 읽은 책 표지 안쪽에 '어느 날 K가 숙제처럼 주고 간 책'이라 적고 안방 서재에 꽂았답니다. 가끔 책등을 쓸어보거나 보노보와 눈을 맞추기도 했고요. 그럴 때마다 태생적으로 사람을 좋아하는 제게 보노보가 말을 걸어오는 것 같았어요.
 '여태껏 공감하고 연대하는 삶이 행복했지요? 앞으로도 그 길을 갈 거죠?'
 보노보의 말을 들으며 오늘도 책을 펼칩니다.

터 무늬를
만들어 가며

치술령 아래, 치산서원 옆

벌써 10여 년 전의 일입니다. IMF 이후로 언제 잘릴지 모르는 회사원이었던 남편은 수시로 회사를 그만두고 싶다고 했어요. 그때마다 저는 큰소리쳤지요. 마누라가 철밥통 공무원이니 언제든 마음 가는 대로 하라고요. 맞아요. 고상한 척했어요. 반쪽 월급으로 살아갈 일이 두렵기는 했지만 어떻게 되겠거니 싶었어요.

남편이 퇴사를 구체적으로 고민하던 즈음, 회사를 그만두면 좁디좁은 아파트에서 온종일 지내야 할 게 마음에 걸리더군요. 남편의 삶이 시들어갈 것 같았어요. 주변에 하나둘 전원주택으로 들어간 사람들이 눈에 들어오더군요.

하지만 우리는 둘 다 도시 출생, 과연 시골 생활을 해낼 수 있을지 가늠되지 않았어요. 친하게 지내는 정 선생님 부부가 우선 농사일부터 배워보라고 조언하더군요.

그때부터 남편은 주말마다 정 선생님 소나무 농장으로 갔어요. 채소와 잡초 구별도 못 했지만 정 선생님은 땅을 잘 판다, 씨를 고르게 뿌렸다며 수시로 남편을 칭찬했어요. 칭찬은 고래도 춤추게 한다는 말처럼 남편은 농사일에 재미를 붙여가더군요. 이제 시골 생활도 가능할 것 같다 싶었어요.

바이허니 땅을 살 무렵 주변 모습

　소나무 농장에서 주말을 보낸 지 3년째, 우리도 드디어 땅을 샀어요. 박제상 유적지에 와 보셨어요? 치산서원이라고도 하죠. 신라 충신 박제상과 그의 아내인 치술공주를 기리는 사당 말이에요. 우리 집이 바로 그 옆이에요. 울산시 두동면 만화리, 박제상기념관 건너편에 있는 200여 평의 반듯한 땅이었어요. 귀촌의 꿈이 밀려올 때마다 들렀던 문원예술촌 아래, 소박하지만 아름다운 전원주택들이 도란도란 모여드는 곳이었어요. 박제상 기념관을 동쪽에 두고 남쪽엔 개울, 북쪽엔 산을 둔 전형적인 배산임수형이었고요. 누가 뭐라건 우리에겐 명당이었답니다.

　그때 저는 신나게 국어 선생을 하고 있었고, 정년퇴임 때까지 학생들과 뒹굴거릴 예정이었어요. 남편 또한 관두고 싶다는 말을 버릇처럼 내뱉으면서도 회사에 충실했고요. 그러니까 만화리 이 땅은 미래의 남편 놀이터였지요.

바이허니 둘레길 밤 산책 중 따라 걷게 되는 박제상 유적지 담벼락

　그런데 K는 다르게 말하는 거예요. 땅을 보자마자 살림집으로 쓰기엔 아까운, 찻집이라도 열어 함께 나누면 좋을 터라는 거예요. 땅이 그만큼 좋은가 보다 여기며 웃어넘겼죠.

　그런데 참 이상했어요. 그 이후 K의 말이 한밤중이나 이른 새벽에 불쑥불쑥 떠오르는 거예요. 미처 인식하지 못했지만 제 뇌리 어느 곳에 꽂혔나 봐요. 무의식의 세계로 깊숙이 잠겼는지도 모르겠네요. 언제부터인가 마음속에서 말들이 움직이는 거예요.

　'엉? 참말로? 진짜 그래 볼까?'

　저 멀리서부터 공이 날아오고 있었고 제 무의식은 이미 타석에 섰던 것일까요?

남천 사백 그루가 할 일

2011년, 오랜 소원 끝에 마련한 터전. 그러나 휑하기만 했지요. 도로 바로 옆이라 사생활 보호를 위해 마당을 아늑하게 감싸 줄 울타리가 필요했어요. 자연 속에 살고자 했으니 가장 자연스러운 울타리, 생울타리를 만들기로 했습니다.

예전부터 생각하던 나무는 남천이었어요. 봄날의 연둣빛 새잎, 여름의 앙증맞은 꽃송이, 늦가을 붉게 물드는 잎, 겨울 햇살에 빛나는 빨간 열매…… 게다가 곧은 몸매는 또 얼마나 기품이 있는지요? 그러니 다른 나무는 생각조차 하지 않았어요.

나무젓가락만 한 크기의 남천을 심는 모습

주문한 남천이 드디어 도착했어요. 무려 400포기! 이날따라 비가 제법 많이 내렸지만, 주말 농부인 우리는 고민할 여지가 없었어요. 당장 제자리에 모시지 않으면, 일주일을 방치하게 되고 저 많은 나무들이 죽을지도 모르니까 말이에요. 일회용 비닐 우비를 걸치고 호미질을 했지요. 큰놈은 앞줄에, 중간 놈은 뒷줄에, 어린놈들은 사이사이에 촘촘히 심었어요. 들뜨지 말고 잘 자라길 바라며 꼬옥꼭 눌렀어요.

다 심고 돌아봤어요. 음, 너무 멋진 거예요. 암요, 자뻑이야말로 살아가는 힘이지요. 어떤 이는 문화유산을 감상할 때 상상하며 보라고 하더군요. 남천을 다 심은 저는 생울타리를 상상하며 보았어요. 이 어린 남천들이 제 어깨 높이로 무럭무럭 자라서 마당을 지켜주는 모습을요. 아, 팔에 돋는 작은 소름들, 감동의 다른 표현이겠지요.

그 이후 마당에 묘목이 하나둘씩 들어왔어요. 농사 멘토 정 선생님이 자립 기념으로 준 용송, 그동안 정 선생님 밭을 빌려 심어두었던 앵두나무, 단감나무, 음나무, 오가피나무, 호두나무. 이웃 할아버지가 만화리 입성 환영으로 준 금송과 물앵두, 이웃 텃밭지기 소 아저씨가 나눠준 모과나무, 대철과 K의 줄장미, 미향의 수국, 정숙의 미니장미, 그리고 우리 부부가 틈틈이 보탠 꽃치자, 헛개나무, 포도나무, 다래 넝쿨…….
남편과 제가 상상하며 보는 풍경도 점점 다채로워지더군요.

남천이 자라서 울타리가 된 모습

　여름 해는 길어 정시 퇴근길에도 햇살이 길게 남아 있어요. 살고 있는 아파트를 지나쳐 두동 마당으로 내달았어요. 전날 심은 호박, 수세미, 여주, 나팔꽃, 장미, 봉숭아 모종이 첫날밤을 잘 지냈는지부터 살폈지요. 아니나 다를까 비실비실, 흐물흐물 모종들이 말이 아니더군요. 모종들이 기운 차리고 일어나길 바라며 물을 흠뻑 적셔주고, 무섭게 쳐들어오고 있는 잡초들도 뽑았어요.

　두동 터에 시간이 내려앉아 쌓이고 있어요. 저의 상상 또한 점점 현실이 되어가고요. 보세요. 지팡이처럼 가늘었던 나무들이 몸을 두툼하게 키워 울타리를 그득하게 채우고 있잖아요.

영혼이 따뜻해지는 컨테이너

컨테이너를 개조한 이동식 주택, 농막이라 하더군요. 마당에 나무와 꽃이 늘어날 때 우리도 농막 한 채 장만했습니다. 그러자 빗물이 떨어지는 처마 아래서 먼 산을 바라보던 어린 시절이 그리워졌어요. 그 막연하고도 아릿한 느낌으로 방부목을 사서 처마를 만들었어요. 툇마루를 만들고 마당에 놓을 탁자와 의자도 만들었고요.

그런 것도 다 할 줄 알았냐고요? 하하, 당연히 몰랐지요. 이웃이 없었다면 시도하지 못했을 거예요. 길 건너 사는 귀촌 스승 소 아저씨가 총감독이었어요. 소 아저씨가 누구냐고요? 밤낮, 새벽 가리지 않고 삐뽀삐뽀…… 출근하면 소방관, 퇴근하면 우리의 응급구조대랍니다.

드디어 완성! 이제 비가 내리면 툇마루에 앉아서 빗소리를 들을 수 있게 되었어요. 어린 시절 한옥 툇마루에 앉아서 듣던 장맛비 소리를 소환해 봐야겠어요.

컨테이너 하우스 처마 위로 노랗게 앉은 꽃 보이나요? 수세미오이예요. 노오란 꽃이 조롱조롱 열리기 시작하면 여름이고요, 기다란 수세미오이가 주렁주렁 매달리면 늦가을이에요. 그동안 수세미오이는 꽃으로 열매로 존재감을 뿜뿜 내뿜지요.

그뿐인가요? 수세미오이는 떠나는 길도 아름다워요. 수확한 수세미오이를 손바닥만 하게 자르고 삶아 햇빛에 바짝 말립니

컨테이너이지만 영혼이 따뜻해지는 하우스

다. 바느질로 테두리를 마감하고 고리까지 달아주면 끝! 이렇게
완성한 천연 수세미를 정겨운 벗들에게 나눠주니 모두가 반색하
더군요. 지금도 수세미는 부엌이나 욕실에서 저를 대신하여 벗
의 벗으로 생을 이어가고 있겠지요. 저는 마음이 뿌듯하고요.

　저에게 컨테이너 하우스는 '컨테이너이지만 영혼이 따뜻해지
는 하우스'의 줄임말이에요. 이곳을 찾는 친구들에게도 이 뜻을
강요하지요. 듣는 이들이 비웃거나 말거나 저의 낱말 사전엔 그
렇게 기록되어 있으니까요.
　예? 자뻑이라고요? 제가 말했잖아요. 자뻑은 살아가는 힘이라
고요.

소 아저씨와 모과나무 연대기

쿵, 또르르.

방금 잘 익은 모과 하나가 치산서원 마당에 떨어졌습니다. 벌레의 포식과 박테리아의 잔치 끝에 씨앗만 남는군요. 가을부터 봄까지, 시간 위에 시간이 쌓여, 쉿! 어느 날 씨앗이 발아해요. 햇빛과 바람, 땅의 기운을 받아 드디어 몸을 얻는군요.

텃밭 스승, 소 아저씨가 모과 묘목을 가져왔어요. 씨를 받아 키웠다고 해요. 돈이 아니라 인내와 정성이네요. 인사를 나눈 지 얼마 되지도 않았는데 황송한 선물입니다.

유년기에 사랑을 받은 사람은 크면서 나쁜 상황이 와도 씩씩하게 이겨낸다고 하잖아요. 소 아저씨 묘목도 마찬가지라 마당 한쪽에서 나날이 잘 자랍니다.

몇 해 지나자 꽃이 피고 열매가 열렸어요. 조금씩 기둥이 굵어지고 적갈색 수피가 떨어져 나가며 보기 좋은 얼룩이 생기더군요. 이제 7년 만에 첫 수확, 매끈한 기름기가 손에 느껴집니다. 모과향기가 거실과 서재, 자동차를 점령하는군요.

다른 쓰임도 있어요. 열매를 맺기까지의 시간을 알기에 벌레 먹었다고 선뜻 버릴 수도 없어 모과청을 만듭니다. 아시겠지만 모과 과육은 몹시 단단해요. 저런, 칼질하는 남편의 미간에 힘이 들어가네요. 저는 못 본 척, 오히려 치산서원 마당에서 주워온 모과 몇 개를 더 얹습니다.

인내와 정성은 마음으로 이어지는 걸까요? 지난가을 남편은 모과에서 씨를 받았어요. 새 이웃이 생기면 남편은 소 아저씨처럼 모과 묘목을 건네겠지요. 그러면 치산서원 모과나무 자식은 우리 마당에 살고, 우리 마당 모과나무 자식은 이웃 마당에 뿌리 내리겠지요.

보세요. 씨앗 하나의 힘, 참 세지요? 무엇이든 만들고 북돋우는 소 아저씨 힘은 더 세고요. 소 아저씨바라기, 따라쟁이 남편도 점점 세지고 있어요. 그런데 저만치 앉은 시간이 빙그레 웃습니다. 그래 봤자 나 없으면 안 되는 일이야. 맞소, 맞소. 당신 힘이 제일 세요. 인정하지 않을 수 없네요.

알뿌리, 버려진 자식의 효도법

땅을 뒤집습니다. 흙을 털어가며 무스카리 알뿌리를 모아요.
어머나, 꽃대 하나가 7년 동안 수백 개 뿌리로 식구를 늘렸네요.
양파처럼 보관했다가 겨울이 시작되면 다시 심어야겠어요. 그때
는 책방카페 정원도 자리를 잡겠지요? 그 생각에 마음은 붕붕거
리고 손은 더 빨라집니다. 바구니가 금방 차네요.

"자잘한 건 버릴까? 너무 많다."
"재작년이었나? 저 앵두나무 밑에 버렸는데, 아휴, 이듬해에
엄청나게 올라오더라."
"버린 자식이 효도하는 거야."
"던져두어서 잘 된 거지."
"뿌리잖아. 근본이 튼튼하면 아무도 못 이겨."

희영, K, 그리고 저, 각자의 경험에서 사유가 생기네요. 사유는 말로 흐르고요. 제각각의 상징을 줍는 동안 햇살이 숙지근해집니다.

다음은 튤립 뿌리 캐기입니다. 호미질로 어림없어 삽을 깊게 찔러요. 꽃 하나에 뿌리 하나, 살림이 단출해요. 히아신스 뿌리는 겉이 푸석하고 겹이 느슨하네요. 그래서 꽃이 층층이 피는가 봅니다. 뿌리이면서 알! 함께 놓고 보니 모양이 다양합니다. 다른 삶을 품었으니 당연할 수밖에요.

두근두근 조마조마 키워낸 바이허니 대표나무는?

세상의 모든 처음은 두근거림과 함께 와요. 처음 두 발로 서는 아기, 처음으로 학교 가는 아이, 첫 데이트를 하는 소년과 소녀……. 누구든 두근거리는 마음으로 낯선 세계 앞에 서게 되죠. 세계는 세계로 이어지고 아이는 무수한 '처음'을 통과하며 어른이 되어가고요.

어느 순간 누군가의 처음을 지켜보는 자리에 있는 자신을 발견하기도 하지요. 저는 첫 시험을 치르는 학생을 지켜보고, 후배 교사의 첫 수업을 보고, 자식의 첫 패배도 보았어요. 대견한데 애잔하고, 흐뭇하면서도 쓸쓸한 기분으로 나이를 먹어가겠지요.

길게 재는 성격이 아닌 데다 몸이 빨라 저의 자리는 늘 앞쪽이
었어요. 오지랖도 넓어 몸담은 모임에서는 대표도 자주 했지요.
혼자 판단으로 일을 밀어붙이기도 했고, 개개인을 살피지 못한
순간도 많았답니다. 대표 자질은 조금씩 키워졌을지 몰라도 고
단함과 쓸쓸함의 부피도 만만치 않았어요. 그렇게 어른이 되어
왔나 봐요.

첫 자식, 첫 제자처럼 첫 나무도 있어요. 우리 마당의 첫 나무
는 물앵두예요. 문수고 근무 시절, 부모가 이혼하고 시골 조부모
집에서 다니는 아이가 있었어요. 조용하고 우울한 아이라는 판
단이 딱 서더군요. 아이의 환경도 살펴야겠지만 조부모가 얼마
나 힘들까 싶어 가정방문을 갔답니다.

어랏, 그곳은 갓 매입한 우리 땅이 있는 동네였고 할아버지는 그 동네 땅 부자, 나무 부자였어요. 손자 보살핌도 지극했고요. 아차, 그동안 얼마나 많은 선입견으로 타인을 재단했나 싶어 아찔하더군요. 챙겨간 두유 박스가 민망할 정도였는데 할아버지는 그 후 귀한 묘목으로 환영해 주셨어요.

그 나무가 바로 우리 마당의 첫 나무, 물앵두고요. 이팝나무 가로수에 치이는가 싶어 햇빛 쪽으로 옮겨 주었더니 쑥쑥 자랐어요. 저는 첫 자식의 성장을 지켜보듯 흐뭇하고 조마조마한 마음으로 물앵두를 살폈어요.

책방카페 설계도를 받았을 때 건물과 건물 사이에 중정이 있었어요. 설계자가 중정에 카페 대표나무가 있으면 좋겠다고 할 때 저는 망설임 없이 물앵두를 꼽았답니다.

삶을 디자인하는
건축 설계

책세권 조성기 2

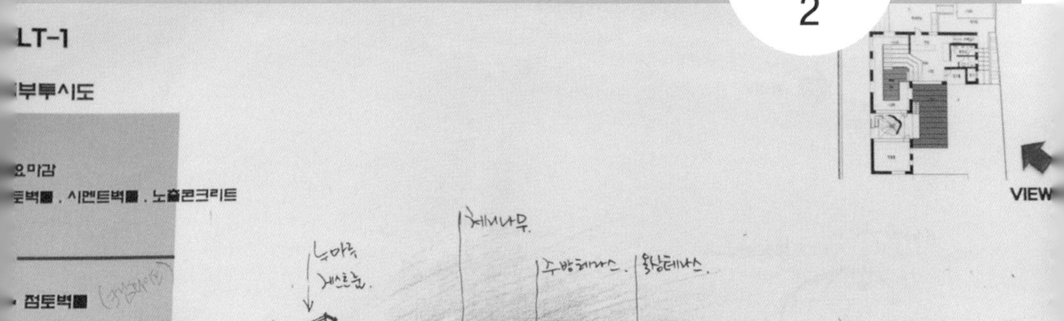

보고 또 보고, 남의 집 구경

새로운 일을 하게 되면 책부터 찾는 사람들이 있지요. 저도 책으로 먼저 만나야 안심이 되고 비로소 일을 시작할 수 있게 되는 쪽이에요. 그래서 책방 하겠다는 용기를 냈는지도 모르겠네요.

땅 산 지 7년 뒤, 우리는 책방과 살림집을 겸할 건물을 짓겠다고 마음먹었습니다. 그럼 뭐부터? 당연히 건축 관련 책부터 찾았지요.

구본준이 쓴 『마음을 품은 집』이 좋더군요. 특히 강릉 '선교장'은 제가 추구하는 삶의 가치가 고스란히 담겨있는 집이었어요.

남성 중심의 가부장적 문화가 공고한 조선 시대에 여성의 결단과 문화적 소양을 존중하면서 일으킨 집, 문화적 네트워크를 중시하는 가풍으로 손님 접대를 후하게 하는 집, 국가적 재난이 있을 때는 가진 자의 의무를 충실히 실천하는 집……

　『집을, 순례하다』는 일본의 건축가 나카무라 요시후미가 세계적으로 유명한 건축가들이 지은 집을 둘러보며 쓴 책인데 읽을거리가 많았어요. 그중 프랑스의 르 코르뷔지에가 설계한 '작은 집'은 살림집의 구조와 쓰임에 대해 눈을 새롭게 뜨게 해주더군요.

　현대건축의 아버지라고 불리는 르 코르뷔지에는 '집이란 주거를 위한 기계'라는 건축 철학으로 외관보다는 편리함을 염두에 두고 설계해요. 동선에 막힘이 없는 집, 실제 살림살이가 이루어지는 뒷마당의 중요성, 마당은 단순한 빈터가 아니라 '지붕 없는 거실'이라는 인식, 심지어 함께 살아가는 개와 고양이의 생태를 반영한 깜찍한 구조물 등 생활을 위한 집이 어떤 구조여야 하는지 명확하게 알게 해주었어요.

　오시마 겐지가 지은 『집짓기 해부도감』 시리즈도 도움이 많이 되었답니다. 이 책은 제목처럼 집을 구석구석 해부해서 일러스트로 보여주고 있는데요, 가족 관계나 집의 위치 등 여러 변수를 고려해서 어떻게 쓰이는 공간인지를 설명하고 있어 초보자도 자신의 라이프스타일에 맞는 공간을 그려볼 수 있게 되더라고요.

저도 이 시리즈를 바탕으로 백 번도 넘게 '책방카페, 바이허니'를 짓고 허물었답니다. 물론 연습장 위에서 말이에요.

『건축가, 빵집에서 온 편지를 받다』는 건축가 나카무라 요시후미가 빵집 주인 진 도모노리와 함께 쓴 책이에요. 나카무라 요시후미는 "건물의 주인공은 그곳에 사는 사람들이고 그곳에서 이루어지는 생활"이라는 자신의 건축 철학을 잡지에 기고한 적이 있는데 그 글을 읽은 진 도모노리가 가족이 평화롭고 검소하게 살아갈 빵집을 지어달라고 손편지로 설계를 부탁했다네요.
주로 살림집을 짓던 건축가는 빵집이라는 새로운 양식의 건축을 위해 도쿄에서 홋카이도까지 몇 번이나 찾아가고 편지를 주고받으며 '그곳에 살 사람'의 이야기를 경청했고요. 그 후 나카무라는 의논하고 또 의논하면서 빵집을 설계해 나갔어요. 집을 완성해 갈 무렵, 나카무라는 도모노리에 대해 의뢰자이자 공동 설계자였다고 편지에 씁니다. 책을 덮으며 저도 깨달았지요. 집이란 삶을 담는 그릇이다, 그곳에 사는 사람의 라이프스타일이 충분히 반영되어야 한다는 걸 말이에요.

제가 마지막으로 근무했던 화봉고등학교는 울산택지개발지역에 위치한 신설학교였어요. 학교 주변에는 멋진 전원주택이 많았고, 날마다 새로운 집이 들어서고 있었어요. 저와 동료들은 점심을 먹은 후에 주변 동네를 한 바퀴 산책하곤 했지요. 집 외관을 살펴보며 내부구조를 짐작해 보기도 하고, 집주인이 마당에 있으면 내부까지 구경하는 행운을 누리기도 했어요.

집 구경도 단계가 있더군요. 처음엔 집의 외관에 눈길이 갔어요. 붉은 기와에 하얀 벽체 집은 마당의 초록 정원과 어우러져 동화의 한 페이지가 튀어나온 것 같았어요. 아름드리나무 기둥이 우뚝하고 지붕 선이 날아갈 듯한 한옥은 그곳에 사는 사람들의 품격까지 높아 보이더군요. 재료의 질감이 그대로 드러나는 노출콘크리트 주택은 도회적이고 세련된 멋이 있었고요.

집을 구경하는 횟수가 거듭되자 이제 집의 외관보다 구조에 눈길이 갔어요. 특히 주방의 위치와 쓰임새를 세밀하게 봤어요. 무릇 마당이 있는 집이라면 일상생활에서 그 마당을 최대한 누리도록 하는 설계가 중요하다는 생각도 들었고요.

그러다 보니 집의 내부와 마당을 유기적으로 이어줄 수 있는 전이공간을 어떻게 만들어내었는지 유심히 살피게 되더라고요.

그러다가 발견한 건축회사가 있었어요. 어반건축! 그 이야기는 잠시 뒤에 만나게 될 거예요. 그때만 해도 마음에 드는 집에 작게 붙어있었던 상호일 뿐이었어요.

이상이 높아서 땅에 닿지 못한 설계

결혼한 후 아파트를 두 번 옮겼는데 계약할 때마다 별로 고민하지 않았어요. 직장과 가까운 위치, 경제력에 맞는 평수만 고르면 되었으니까요. 하지만 주택은 그럴 수 없었어요. 오십여 년 만에 처음 지어보는 '우리 집'이잖아요. 잘 짓고 싶었어요.

처음 소망은 3층의 상가주택이었어요. 1층은 제가 꿈꾸던 책방카페, 2층은 가족을 위한 살림집, 3층은 임대주택으로 구성하고 싶었답니다. 남편의 직장이 서울에 있어서 당분간 혼자 살아야 했기 때문이에요. 무섭기도 할 것 같아 약간의 생활 소음이 있는, 아이가 딸린 가족에게 내주고 싶었어요. 상가주택이겠지만 직육면체의 몰개성적인 건물에 살고 싶지 않았어요. '방2, 거실, 주방, 욕실'을 넣은 그저 그런 방을 임대하고 싶지도 않았고요.

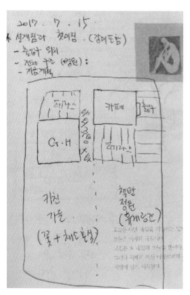
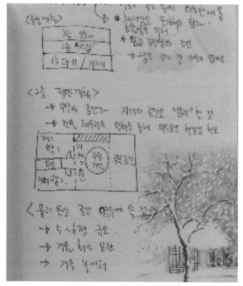

틈틈이 구상하고 그려보던 건축 관련 메모와 건축 평면도

60

어느 날 정기구독하던 건축 잡지에 실린 집 한 채가, 그야말로 뇌리에 딱 박혔습니다. 간결한 구조와 외관이 르 코르뷔지에의 '작은 집'과 닮았는데 심지어 울산에 있는 집인 거예요.

저는 망설이지 않고 설계사를 수소문해 전화를 걸었어요. 외국에서 건축을 배우고 돌아온 젊은 건축사였어요. 서울에 설계사무실을 개업한 동업자 역시 외국에서 건축을 배웠다고 하고요.

드디어 시작하는구나, 가슴이 뛰었습니다. 그야말로 '글로벌한 드림팀'을 만나서 설계를 시작했어요. 우리 부부는 말로 표현할 수 없을 정도로 설레었지요.

그런데 이게 웬일입니까? 설계 회의를 진행할수록 '글로벌한' 설계방식이 우리와 맞지 않는 거예요. 설계사는 너무나 훌륭해서 건축상을 받았다는데, 우리 집도 멋지게 지어 건축상을 받자고 하는데, 그가 그려주는 집 구조는 대문 위치부터 제가 꿈꾸던 생활양식과 거리가 멀었어요. 제가 살 집이니 무조건 따라갈 수는 없잖아요. 제 견해를 밝혔지요. 그럴 때마다 설계사는 자신의 전문 영역임을 내세우더군요. 우리 부부는 수업 아닌 수업을 들어야 했고요. 헤어져 돌아오는 발걸음이 무거웠고, 마음은 더 무거웠고, 머리는 말할 수 없이 복잡했어요.

그러던 어느 날, 설계사로부터 청천벽력 같은 전화를 받았어요. 건축법규상 우리 집은 3층으로 지을 수가 없다는 걸 뒤늦게

건물의 주인공은 그곳에 사는 사람들이고 그곳에서 이루어지는 생활

알았다는 거예요. 바로 옆에 있는 치산서원이 문화재라서 인근 건축물 높이는 2층으로 제한되어 있다네요.

'헐, 그러면 여태까지 법규도 확인하지 않고 설계를 진행했다는 말인가.'

급히 휴가를 내고 내려온 남편과 함께 군청에 들어갔어요. 건축과, 도시계획과, 문화관광과를 돌면서 건축법규를 직접 확인해 보았더니 문화관광과에서 내민 서류에 관련 규정이 명시되어 있더군요.

"문화재 500미터 안에서 건축할 경우 평지붕은 8m, 경사 지붕은 12m로 제한한다."

아뿔싸! 도로아미타불…….글로벌하게 아름다운 건축도 중요하지만 지역의 건축규정부터 확인했어야 하지 않나요? 설계사에게 전화하니 3층이 불가능한 것은 아니라네요. 3층으로 설계하여 문화재 심의에서 동의를 받거나, 아니면 행정소송을 하면 된다고요.

'으아아아! 그렇게 갈등과 투쟁으로 집을 짓고 싶지는 않다구요!'

일단, 설계를 멈추었어요. 집 설계만 멈추는 게 아니라 삶의 설계도 일단 멈추어야 했지요. 밤이면 인적이 끊어지는 시골집에서 혼자 지낼 걸 각오하고 집을 지어야 할지, 남편이 퇴사하고 내려올 때까지 건축을 미루어야 할지 판단이 필요했어요.

짓고 부수고를 반복한 끝에 얻은 설계도

설계를 중단한 후, 두어 달이 금방 지나갔어요. 고민하고 의논한 결과 남편이 직장을 접고 울산에 내려오기로 했어요. 이제 부부가 함께 카페를 운영하기로 하고 새로이 설계사무소를 찾았어요. 친하게 지내는 후배 교사가 실력 있는 건축사를 소개해 주더군요. 마침 후배의 지인이 그분께 설계를 의뢰해서 집을 지었다길래 그 집을 구경해 보기로 했어요. 역시 전문설계사가 설계한 집이라 요모조모 실용적이면서 아름답기까지 하더군요. 하지만, 만나서 대화를 해보니 건축에 대한 가치관이 서로 다르다는 게 느껴지더군요.

그러던 중, 길을 걷다가 우연히 '어반건축' 간판을 보았어요. 아하! 화봉고등학교에 근무하면서 눈여겨봤던 그 건축회사 말이에요. 우리 부부는 대뜸 안으로 들어갔어요. 긴 시간 질문을 쏟았는데 건축사는 귀찮은 기색 없이 친절하고 진지하게 상담해 주더군요. 미덥고 흡족했지만, 실패의 상처가 있는지라 좀 더 고민해 보겠노라고 말한 뒤 일단은 그냥 나왔어요.

며칠을 재다가 우리 부부는 결심했습니다. 어반건축에 설계를 맡기기로 하고 설계사에게 편지를 썼어요. 『건축가, 빵집에서 온 편지를 받다』의 진 도모노리처럼 우리 가족이 원하는 모습을 A4용지 7쪽 정도로 적었어요. 설계사의 답은 그것을 바탕으로 공간구획을 그려낸 기초배치도였고요.

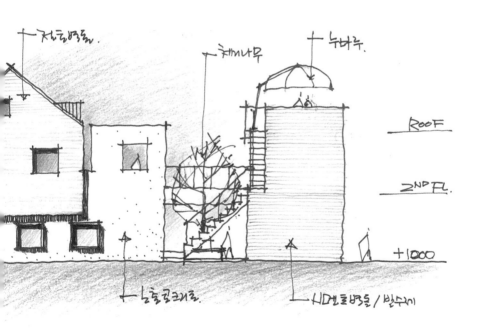

서쪽에서 바라본 외형 스케치

저는 그 배치도에 따라 생활 동선을 상상해 보았어요. 이쪽에서 저쪽으로 걸어보고, 저쪽에서 이쪽으로도 걸어보고, 어느 공간에서 어떤 활동을 할지도 상상했어요. 그러면서 수정할 점과 보완할 점을 색깔 펜으로 메모해서 다시 의논했고요.

공간에 대한 희망 사항이 너무 많았을까요? 옆에서 지켜보던 K는 설계사 눈치가 보일 지경이었다고 말하더군요. 그래도 저는 공간에 대한 욕심을 거둘 수 없었어요.

다행히 설계사는 전문적인 식견으로 가능한 것과 불가능한 것, 가성비 등을 설명해 주더군요. 그 설명이 설득력 있게 들렸으므로 추천하지 않는 공간은 즉시 포기했어요. 그럴 만큼 신뢰가 쌓였던 거죠.

집 짓기는 봄에 시작하는 게 좋다고 하더군요. 그래서 우리도 3월 착공을 계획했어요. 그런데 설계가 점점 늦어지는 거예요. 눈치를 보아하니 설계 일거리가 많이 밀려있는 듯했고 우리 집은 우선순위에서 밀리는 것 같더군요. 3월에 시작해서 7월 장마가 오기 전에 집을 완성하고 싶었기에 조급증이 나더군요. 설계를 빨리 마무리해 달라고 재촉도 해봤어요.

하지만 설계도는 결국 4월이 넘어서야 완성되었고, 건축허가까지 받아야 해서, 5월 중순에야 비로소 착공하게 되었어요. 설계 기간이 예정보다 두어 달 길어져 버린 거예요. 하지만 설계도를 보면서 마음이 누그러졌어요. 이런저런 요구를 버리지 않고 구석구석 꼼꼼하게 반영해 주었기 때문에요.

완성된 설계도를 받았으니 이제 시공에 들어갑니다. 그런데 우리 설계사님, 집 짓는 와중에도 수정에 수정을 거듭하고 있네요. 전문설계사니까 가능하겠지요.

집 짓기를 계획하신다면 자신에게 맞는 설계사부터 찾아야 해요. 가족의 생활방식이나 자신의 취향을 구체적으로 설명하면 되고요. 그 이후는 설계사의 전문적인 판단을 믿으시면 됩니다. 집을 지을 거면 전문설계사에게 맡기시라는 제 말이 이해되시지요?

'없애고 치워야
다시 세울 수 있다' 는
시공의 원칙

낮에는 공사판 밤에는 영화판, 반전왕 시공사 사장님

설계가 끝나자 시공사 사장님이 왔습니다. 땅을 완전히 갈아 엎고 평탄화 작업을 한 후에 공사를 시작한다는군요. 현장에 이 런저런 적치물이 있으면 안전사고 위험도 커지니 컨테이너도, 나무도, 상자 텃밭도, 그 어떤 것도 걸리적거리면 안 된다고 하 네요. 그 모든 것들을 없앤다고요.

만화리 땅을 산 지 7년, 아시다시피 우리 부부는 컨테이너 농 막을 '만화리 별장'이라 부르며 가꾸어 왔잖아요. 그동안 이웃 들에게 선물 받은 나무들, 정 선생님 밭을 빌려 키우던 나무들, 경주의 경상북도산림환경연구소연구원과 인근 시장에서 사 온 묘목들……

배관의 방향을 의논하고 있는 시공팀

그뿐인가요? 밭을 일구면서 나온 바윗돌을 경계석으로 쌓고, 보도블록 교체공사장에서 버리는 블록을 승용차로 몇 차례나 실어 마당에 깔고, 타일로 은근 화려한 수돗가와 야외주방을 꾸몄고요. 방부목으로 처마를 달아내고 탁자와 의자, 텃밭 상자도 만들었어요.

이웃집 아저씨는 정원등을 멋지게 만들어 세워주셨지요. 봄여름가을겨울이 일곱 번 바뀔 동안 만들고, 만들고, 만들면서 놀았던 곳이에요. 그랬건만 회자정리! 이별의 순간이 왔습니다. 자기 땅에 자기 집을 짓는 일이지만 공사가 시작되면 공사현장의 모든 책임과 권한은 시공사 사장님께 있어요. 이런 순간이 오리라 각오하지 않은 바는 아니지만 몹시 섭섭하고 아쉬웠어요. 무엇보다 7년 동안 심고 가꾼 나무들은 살리고 싶었어요.

마당 한쪽 귀퉁이를 조금만 내주면 모든 나무를 그곳으로 모아서 관리하겠다고, 제발 나무들을 살려달라고 시공사 사장님의 옷자락을 부여잡고 사정하고 애원했답니다.

"안 됩니다."

시공사 사장님은 단호하더군요. 하지만 더 절박한 마음으로 호소하여 집터로 들어와 있는 동쪽 도로를 포함해서 약간의 귀퉁이를 얻어냈습니다. 모든 나무를 옮기기에는 턱없이 비좁았지만 말이에요.

다시 결단의 순간, 반 이상의 나무를 이웃에 나눠주고 꼭 필요한 나무들만 남기기로 했어요. 작은 나무와 화초들은 삽으로 파서 화분에 옮겨 심었고요. 몇 날 며칠 삽질이 이어졌답니다. 제법 자란 큰 나무들은 삽으로는 어림없었어요.

지켜보던 시공사 사장님이 소형 포크레인을 몰고 왔어요. 장비 몇 번 오가더니 이런, 한나절 만에 작업이 끝나네요.

"장비 만세!"

이렇게 도와줄 거면서 그렇게나 안 된다던 시공사 사장님……. 원망은커녕 눈물 나게 고맙더군요. 울면 젖 준다는 옛말, 통했나 봐요.

안 사장님은 그 후에도 안 돼요, 안 됩니다, 소리치고는 나중엔 우리가 원하는 대로 해줬어요. 시공 초기에는 '노가다는 맥심'이라더니 건물이 완성될 즈음엔 드립 커피가 최고라는 분, 낮에는 공사판에서 일하고 밤에는 영화 동아리를 운영하는 분, 반전왕 안 사장님!

골조의 숲을 산책하다

이제 드디어 공사가 시작되었어요. 현장에는 평탄화 작업의 위력이 보이더군요. 지난날의 그 어떤 흔적도 없이 누런 황토밭에 사각 구덩이 세 개만 있네요. 본관 1층, 서관 지하, 별채의 기초바닥이라고 해요. 황토를 파낸 자리에 시멘트가 얇게 부어져 있으니 마치 누가크래커처럼 보이더군요. 저 조그만 곳에 설계도의 그 많은 공간이 들어갈 수 있을지 의심도 들었고요.

　며칠이 지났습니다. 누가크래커 위에 철골이 세워졌어요. 1층 카페 공간은 층고가 4m 정도로 높거든요. 그곳에 철골이 높고 빽빽하게 세워진 모습을 보니 마치 대나무숲 같더군요. 빽빽하게 세워진 철골 사이로 걸어보았어요.

　마치 태화강 대숲을 걷는 듯했어요. 믿지 않겠지만, 대나무 향처럼 철골의 향기가 뿜어져 나왔어요. 비좁은 철골 사이를 걸으며 화장실, 로스팅실, 주방, 홀, 서가, 계단을 짐작으로 찾아보았어요. 제가 잘하는 상상 말이에요.

　공사는 빠르게 진행되었어요. 철골은 나무 갑옷을 입었고 그 틈새로 콘크리트가 부어집니다. 한참 뒤 나무 갑옷을 벗겨내니 골조가 우뚝하니 섰어요. 우람했어요. 멋졌어요. 설계도에서도 조감도에서도 느끼지 못했던 위엄이 느껴졌어요.

　후배들도 관심이 많았어요. 마치 자기 집 짓는 것처럼 기뻐하고 응원하였답니다. 어느 날 그 후배들과 함께 골조만 지어진 현장을 걸어보았어요. 저는 주인의 생활 동선으로 걸었지만, 그들은 손님 동선을 상상하였겠지요.

　1층 본관으로 들어가서 지하 서가로 내려갔다가 다시 서관 1층으로 올라서 돌아가 보면 중정, 그 건너편엔 별채예요. 우리는 좌식 방 문턱 골조에 나란히 걸터앉았어요.

　북쪽 창틀을 통해 들어온 시원한 바람이 중정을 건너 불어와 한여름 늦더위가 날아가네요. 다시 중정으로 나와서 계단을 오

공사 중인 건물을 둘러보는 후배들

르면 북스테이로 사용할 방이고 그 위는 옥상이에요.

별채와 본채를 잇는 작은 구름다리를 건너면 본채 살림집입니다. 아주 단순하여 우리 부부가 생활할 방과 주방 겸 거실, 화장실이 전부예요.

자, 실내계단을 올라볼까요? 뼈대만 놓인 계단을 조심조심 밟고 다락 층으로 올라갑니다. 다락은 딸이 사용할 공간이에요. 건축 규정상 3층을 지을 수 없어서 생각해 낸 옹색한 공간이지요. 그런데 다락에 오른 후배들은 탄성을 질러요. 다락방 창을 통해 치산서원 정원이 통째로 들어오기 때문인가 봐요.

이제 다락에서 아래로 내려갑니다. 살림집으로 내려와 주거 전용 계단으로 내려오니 다시 본관 카페 현관 앞이에요. 집 하나 구경했을 뿐인데, 동네를 산책한 기분이 듭니다. 후배들도 그렇게 말해주니 어찌나 뿌듯하던지요.

몸은 만들었다. 어떤 옷을 입힐까?

저는 건축구조에 욕심이 많았어요. 6개월에 걸친 설계 회의에서 이것저것 많이 요구했어요. 골조가 올라가는 동안 여러 차례 설계를 변경하기도 했고요. 하지만 골조가 끝나고 외장을 시작하면서부터는 시공사 의견에 고분고분 따르기로 했답니다. 튼튼한 뼈대를 뜻대로 세웠으니 외장은 유행을 타지 않는 실용적인 자재로 해달라는 부탁만 드렸어요.

골조를 감싸는 외장재 종류도 참 많더군요. 골조가 그대로 드러나는 노출콘크리트, 한 층 한 층 쌓는 벽돌, 석고를 주재료로 만든 도포제 스타코, 알루미늄 강판을 재료로 한 징크, 흙을 구워 만든 세라믹타일……

골조가 무엇이 되었든 외장재로 집의 분위기가 달라질 수도 있어 건축주들이 매우 고심하는 단계이기도 해요. 대부분 물건이 그러하듯, 멋있으면 비싸고 싸면 멋이 없어요.

고민하던 우리 설계사, 드디어 저렴하면서도 '쫌' 멋진 외장재를 찾아냅니다. 벽돌 중에서 가장 싸다는 시멘트 벽돌로 본채 2층과 별채 외벽을 쌓고 본채 1층과 중정까지는 콘크리트를 그대로 노출, 건축 공법상의 노출콘크리트는 시공비가 비싸니까 골조를 그냥 드러내는 방식을 쓰자고 합니다. 우리는 설계사의 판단을 전적으로 따르기로 했어요.

지붕은 사람으로 치면 헤어스타일이에요. 옷과 함께 첫인상을 가늠하게 하는 중요한 부분이지요. 우리는 동쪽 치산서원의 한옥 기와는 물론 옆집 지붕과도 어울리도록 단정한 징크 지붕을 쓰기로 했어요. 남쪽 지붕에 올릴 태양광전지판과도 잘 어울리겠더라고요.

농사는 하늘이 짓는다는 말이 있다지요. 겪어보니 건축도 반은 하늘이 짓더라고요. 5월에 착공하고 골조가 올라가는 동안 장마가 왔어요. 비가 내리면 부어놓은 콘크리트가 더 단단하게 굳을 거라 위안하며 장마 기간을 견뎠지요. 7월엔 극심한 무더위가 시작되더군요.

　연일 열대야가 이어지고 날마다 최고온도를 경신하는 날들이었죠. 한낮에는 야외활동을 자제하라는 재난경보가 매일 날아왔어요. 별수 없이 쉬어야 했어요. 2주일이나 공사를 멈췄어요. 마을 사람들은 건축 중에 부도가 났을 거라 수군거리기도 했다네요.

　더위가 한풀 꺾이고 드디어 외장벽돌을 쌓습니다. 여섯 명의 전문가가 손발을 맞춰가며 쌓아가는데도 시일이 제법 걸렸어요. 그런데 이런, 그 와중에 가을장마가 오네요. 다른 해에 비해 유난히 태풍이 잦고 비가 많이 옵니다. 비가 오면 벽돌 쌓기를 멈추고 건축자재들은 비닐을 덮어야 해요. 일하는 분들이 짜증을 내고 우리 부부는 애가 탔어요. 그래도 할 수 없어요. 사람이 어찌할 수 있는 일이 아니니 말이에요.

막히지 않는 공간,
건축적 산책로

따라 해 볼래요? '바이허니하다'

콘크리트 구조와 배관설비를 그대로 노출하는 구조를 '인더스트리얼 인테리어'라고 하더군요. 벽체에 아무것도 덧대지 않으니 공간이 넓어 보이고 비용도 절감할 수 있으면서 세련된 느낌까지 드니 여러모로 좋았어요. 우리도 전체적으로는 그 장점을 살리기로 했어요.

대신 손님을 맞이하는 입구는 따뜻하고 부드럽게 나무로 감싸기로 했어요. 천장, 주방, 테이블도 나무로 했는데, 비용도 비용이거니와 콘크리트와 원목의 질감이 잘 어우러질까 염려가 되더군요. 하지만 설계사의 안목을 믿고 추진했어요.

건축적 산책로를 생각하며 스킵플로어 구조를 선택한 카페 내부

실내 공간 벽마다 문이 있어요. 어떤 문으로도 출입할 수 있으니 카페 안팎으로 산책이 가능합니다. 앞마당을 가로질러 주 출입구로 들어오면 아래층의 책방과 위층의 카페가 동시에 보이는, 이른바 '스킵플로어' 구조입니다.

책방을 먼저 둘러보고 카페 층으로 올라오면 유리온실로 나가는 문이 있어요. 그 문을 통해 뒷마당으로 나가 텃밭 구경을 하다 보면 중정으로 올라오게 되지요. 중정에서는 다시 카페로 들어올 수 있는 유리문이 있고, 중정 계단을 내려오면 앞마당을 통해 다시 출입문으로 연결됩니다.

바이허니 건물의 안과 밖을 유기적으로 이어주는 작은 길들. 현대건축의 아버지로 불리는 르 코르뷔지에가 강조한 '건축적 산책로'를 바이허니 방식으로 만들어보았습니다.

책방 한쪽에 숨어있는 쉼터와 갤러리

바이허니는 복합문화공간을 지향합니다. 그리 넓지 않은 공간에 카페와 책방을 함께 배치하려니 한 뼘도 아쉽네요. 하지만, 어차피 이 집은 친구들의 꿈까지 함께 펼쳐보기로 한 곳, 함께 해보고 싶은 것들의 목록에 따라 공간을 나누어 봅니다.

가장 아래층은 책방이 우선이고 중심입니다. 이곳에서는 책 표지를 살펴보는 것만으로 즐겁고 편안해지면 좋겠어요. 비용이 좀 많이 들지만, 서가를 전부 나무로 짰습니다.

서가의 구조도 책의 앞면이 보이도록 만들었어요. 표정훈 출판평론가가 말한 '표지 독서'의 유용성을 따랐지요. 표지에 실린 제목과 저자를 접하고 표지디자인을 감상하는 것만으로도 책 내용의 상당 부분을 이해할 수 있다는 그의 말에 공감하면서요.

그뿐이겠어요? 책 한 권 한 권이 전문가가 공들여 쌓아온 콘텐츠니 표지를 보는 것만으로도 시대의 흐름을 읽을 수 있지요.

바이허니 책방에 내려가시면 계단 아래를 살펴봐 주세요. 손바닥만 한 공간이지만, 힘들고 지친 이들을 위한 쉼터도 마련했어요.

저를 위한 공간이기도 해요. 커다란 공의자에 기대, 책 읽는 척
하다가 스르르 한숨 자고 나오는 공간으로 좋아요. 혼자서 책방
에 오신다면 계단 아래로 내려가 보세요.

다양한 재능과 경험이 공유되는 복합문화공간 바이허니

책방 한쪽 벽면은 비웠어요. 이름도 붙였답니다. '바이허니 갤러리' 바닥은 마룻바닥으로 단을 살짝 높이고 마룻바닥의 끄트머리엔 피아노를 놓아두었어요. 평소엔 책방과 갤러리를 구분하는 경계 역할도 하면서 공연이나 강연의 공간으로 변신시키기도 좋거든요.

커피만 파는 게 아닌 카페

책방 위층은 카페입니다. 바이허니 커피를 마시며 삼삼오오 담소를 나누는 공간이지요. 이웃이 만든 소품을 구경하고 살 수 있는 공간이기도 합니다.

계단 벽면엔 도마가 걸려 있어요. 미술 교사이면서 목공예를 취미로 하는 동갑내기 진환이 만든 '화니 도마' 예요.

계단에 올라서면 연태가 한 땀 한 땀 정성껏 깎아낸 서각 작품이 전시되어 있어요. '방하착 - 내려놓기', '바쁠 게 머 있노' 등으로 새겨진 글에 연태의 철학이 담겨있네요.

그 옆으로는 공유서가랍니다. 읽고 싶은 책을 누구라도 꺼내서 읽을 수 있는 책장이지요. 먼저 바이허니의 여러 독서 모임에서 함께 읽은 책들이 꽂혀있어요. 〈꼰대탈출 아저씨독서클럽〉, 〈마음이 향하는 독서모임〉, 〈북테라피〉, 〈금요시읽기모임〉 등에서 읽은 책들이 세월의 흐름만큼 차곡차곡 쌓여가고 있어요.

그 옆에는 '책방지기의 서가'가 있어요. 책방카페를 준비하면

강미, 유미, 책방지기의 서가와 주변 공간들

서 제가 참고했던 책들-생태와 시골살이, 건축, 책방 운영, 커피와 차 등에 관한 책들이 꽂혀있어요. 동네책방을 준비하는 분이라면 무엇이든 돕고 싶어 골라둔 책들이에요. 바이허니와 비슷한 동네책방이 동네마다 생기길 바라는 마음을 담아 말이에요.

서가 옆으로는 툇마루를 재해석한 공간이 나란히 있어요. 카페 안 이동통로를 따라 신발을 벗고 올라앉거나 걸터앉을 수 있는 자리지요. 소설가이자 국어 교사인 '강미의 서가'에는 청소년을 위한 책이 가득하군요. 물론 강미가 쓴 청소년소설들도 꽂혀있고요. 『길 위의 책』, 『밤바다 건너기』, 『안녕, 바람』 등의 책을 찾아보셔요. 맞아요. 눈치채셨군요. 강미 작가가 바로 K예요.

그 옆엔 '유미의 서가'로 어린이부터 어른까지 읽을 수 있는 그림책이 꽂혀있어요. 중등 국어 교사이지만 그림책의 가치와 역할을 소중히 생각하는 유미답게 그동안 모은 그림책도 아주 많군요. 실제로 이 툇마루 좌석은 바이허니에서 매우 인기있는 자리랍니다. 특히, 어린이 손님들에게요.

무엇이든 할 수 있는 별채

물앵두나무 중정 건너엔 별채 방이 있어요. 별다른 장식 없이 널찍한 방에 공의자 몇 개가 무심히 놓여 있네요. 그 위로 몸을 부려놓으면 일상의 긴장이 툭! 풀리는 곳이지요. 가족과 함께, 혹은 친구와 함께 편안히 쉬고 싶다면 별채 1층의 공의자에 둘러앉아 보세요.

한쪽 벽면은 흰색으로 비워두었어요. 스크린이랍니다. '방구석 1열'처럼 영화 관람을 할 수 있도록 말이에요. 좌식탁자에 둘러앉아 책 모임을 하고, 프랑스자수 모임도 하고, 뜨개질도 합니다. 아무것도 하지 않아도 좋지요. 드러누워 하늘만 봐도 되는 곳, 무엇이든 내키는 대로 할 수 있는 곳이 별채이니까요.

별채의 서쪽엔 숨어있는 공간이 하나 있어요. 별채 손님들이 편하게 쓸 수 있는 외부화장실이지요. 그런데 이 화장실의 구조가 특이하고 재미있어요. 외부화장실은 필요한데 건물을 지을 수 있는 면적은 한 평도 채 남지 않은 상황이었거든요.

궁즉통! 안동 병산서원의 '달팽이 뒷간'이 생각났어요. 우리도 그 뒷간처럼 벽체를 달팽이처럼 두르고 변기 위치에만 지붕과 문을 달았어요. 세면대 공간은 지붕 없이 개방했고요. 비와 바람을 피할 수 없는 불편한 화장실이지만 나름 운치가 있어요.

책방의 연장, 북스테이

바이허니 별채 2층에는 작은 방이 하나 있어요. 다른 지역에 살면서 가끔 내려오는 작은딸 방으로 설계했던 곳이에요. 거의 비어 있게 된 공간을 아까워하다가 괴산의 '숲속작은책방'에 갔을 때 다락방을 북스테이로 쓰던 게 기억나더군요. 딸에게 양해를 구했더니 흔쾌히 방을 내주었고요.

박제상 유적지가 내려다보이는 북스테이

세 평 남짓한 좁은 공간이지만 편안하고 쾌적한 곳, 재미난 공간으로 꾸미고 싶었어요. 궁리 끝에 침대는 다락 형태로 천장에 매달았어요. 난간도 없는 작은 계단을 올라가면 바로 누울 수밖에 없는 수면 전용 공간이지요.

그 아래는 동쪽과 남쪽을 연결하는 창문을 ㄱ 자로 길게 넣구요, 창문턱 따라서 책상 겸 탁자를 좁고 길게 짜 넣고 바퀴 달린 의자를 두었어요. 동쪽 창문에서 남쪽 창문으로 이동하며 바깥 구경하시라고요. 동쪽으로는 치산서원과 치술령이, 남쪽으론 넓은 하늘과 벗나무 군락에 시야가 황홀할 거예요.

옥상으로 올라가는 계단 아래 자투리까지 안으로 들였으니 북쪽 벽이 비스듬히 잘렸어요. 다락방 느낌이 살짝 나면서 은밀하기도 한 공간이 만들어졌네요.

텔레비전은 처음부터 넣고 싶지 않았어요. 오롯한 휴식, 책과 함께 하룻밤 쉬어가는 곳이 되길 원해서예요.

노을 전망대, 별채 옥상

별채 옥상에도 올라가 볼까요? 인근에서 가장 높은 곳이라 이웃들은 바이허니 책방지기를 고위층 인사라고 부른다지요. 매우 가파른 계단이지만, 올라가면 보람이 있어요. 전망이 탁! 트이거든요. '만물이 조화롭게 어우러지는 마을' 이라는 뜻을 가진 두동면 만화리를 두루두루 볼 수 있는 옥상이에요.

옥상 한가운데 서서 천천히 몸을 한 바퀴 돌려봅니다. 몽실몽실 혹은 뭉실뭉실한 산들이 에워싼 형상이 마치 연꽃 속에 앉아 있는 듯한 느낌이 들어요. 이제 난간 턱에 기대어 앉아 보세요. 해질녘 서쪽으로 길게 물드는 노을을 따라 눈길을 보내면 멀리 영남알프스 크고 작은 산들이 보이는데 겹쳐 서 있는 능선이 마음을 아득하게 만들기도 한답니다.

마침내 완성된
마당놀이터

책세권
조성기
5

집을 지어보니, 설계란 그 집에 깃들어 사는 사람들의 생활 패턴에 맞게 공간을 구획하는 것이더군요. 편리함을 극대화하면서 군더더기를 들어내면 아름답기까지 한 디자인이 되겠지요. 처음 건물을 구상할 때였어요. 개인 주택을 건축사에게 설계 맡기는 것에 주변 사람들은 대부분 부정적이었어요. 시공사가 설계해 주는데 왜 별도의 설계비를 들이냐는 거죠. 하지만 바이허니가 완공된 후, 책방카페에 딱! 어울리는 공간이 여기저기 만들어진 걸 보고는 다들 감탄하녀군요.

하지만 저도 정원까지는 생각이 미치지 못했네요. 정원은 그냥 나무와 꽃을 적절히 심고 가꾸면 될 거라고만 생각했어요. 하지만 살아보니 그 '적절히'가 왜 그리 어려운지요.

7년간 나무와 꽃을 가꾸며 터 무늬를 만들어오긴 했으나, 우리 손은 아마추어일 뿐, 정원을 관리할 능력은 없었어요. 여러 사람이 이용하는 카페 공간인 만큼 정원에도 좀 더 세심한 공간분할이 필요했어요.

아차차, 그때야 깨달았답니다. 정원도 전문가에게 맡겨야 한다는 걸요. 다시 큰맘을 먹었습니다. 정원을 전문적으로 디자인하는 분을 물색해 보았어요. 이번에도 주변 반응은 뜨악했어요. 우리 지역에서 주택 정원을 디자인하는 업체를 찾기도 어렵기도 했고요.

그렇지만 저는 전문 설계의 힘을 체험한 사람이잖아요. 블로그, 유튜브, 인스타그램, 정원 가꾸기 잡지 등을 뒤지다가 정원에 관한 가치관이 저와 비슷한 정원사를 만났어요.

경기도 안성에서 정원 마을을 만들어 가는 '정원친구 이오'와 몇 번의 상담을 거친 다음 이오의 살림집과 작업장을 품고 있는 정원을 방문하기도 했어요. 경기도 안성까지 한달음에 달려갔어요. 장미꽃 그득한 이오의 정원도 좋았지만, 비슷한 마음을 가진 사람들이 모여 꾸며내는 마을 전체가 인상적이었어요. 동행했던 라경, 연이, K도 안목이 키워지는 느낌이라고 하더군요.

이오도 우리 카페를 방문해 마당을 직접 보고 동선에 따라 걸어보며 대화를 나누었어요. 실내 공간과 실외 공간의 연관성을 살피며 정원을 어떻게 꾸밀까 구상했던 거죠. 건축설계와 정원 설계를 함께 시작했다면 참 좋았겠더라고요. 건축을 계획하시는 분은 저의 후회를 반복하지 않으면 좋겠어요.

코로나19라는 세계적 감염병 앞에서 속절없이 일상이 무너지는 시기, 그에 대비한 공간 배치도 절실했어요. 카페 안에서도 정원에서도 거리 두기를 염두에 두면서 공간을 재배치해야 했어요.
앞마당 너른 테라스에는 나무와 꽃으로 여러 탁자를 슬쩍슬쩍 가리며 분리했어요. 아예 테라스 자체를 작게 만들어 나누는 것

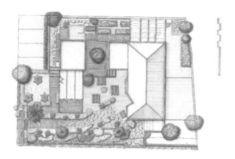

정원설계도

정원의 구조를 설명하고 있는 이오 정원사

도 좋겠다 싶었어요. 뒷마당 텃밭도 공간을 쪼개서 일행끼리 오순도순 대화할 수 있도록 계획했고요.

　건축 설계 과정이 가슴 뛰는 상상 놀이였듯이 정원 설계도 똑같은 과정을 밟았어요. 바이허니의 생활 패턴에 적합한 설계도를 만드는 거지요. '정원은 지붕 없는 거실'이라니 곳곳에 사람이 머무르기 좋은 공간을 꿈꾸면서 말이에요.

　걷고, 앉고, 눕기도 하는 바이허니 산책로, 완성되다!

　정원 설계에서 가장 먼저 고려한 것은 바이허니 건물 안과 밖을 이어주는 건축적 산책로를 완성하는 것이었어요. 입구에서 바이허니 현관문까지 이어지는 주 통로를 먼저 배치하고 별채 방향으로 돌아 뒷마당으로 이어지는 보조 통로를 정리했어요.
　뒷마당에서 중정을 통해 앞마당으로 다시 내려오거나 직진해

94

입구에서 현관까지 들어오는 주 통로

서 유리온실로 들어간 다음 바이허니 건물 안으로 들어올 수도 있는 산책로입니다.

주 통로는 자칫 단조로울 수 있는 직선형 길이라 소재에 변화를 주었어요. 간판이 있는 시작 부분은 도로와 같은 소재인 콘크리트로, 마당 영역부터는 정원과 부드럽게 어울리는 나무데크로, 건물이 시작되는 곳부터는 건물의 콘크리트와 어울리는 현무암 판석으로 소재를 달리했지요.

별채 방향으로 이어지는 보조 통로는 별채 건물로 올라가는 계단까지 나무데크로, 별채 건물 시작점부터는 현무암 판석과 콩자갈을 깔아서 동선을 확보했어요.

내부로 들어오지 않고 마당에서만 한 바퀴 돌아볼 수도 있지요. 앞마당은 계절마다 피어나는 꽃나무들과 테이블, 야외스크린 등이 놓여 있어요. 공공의 기능을 지닌 정원이지요. 정원에 피어있는 계절 꽃과 눈 맞추며 건물의 왼쪽으로 걸어보세요.

별채 벽면을 따라 좁고 긴 툇마루가 이어지다가 널찍한 평상이 뙈악!

평상이 놓인 이 공간은 건물 서쪽의 구석진 자투리땅이었는데 눈 밝은 정원 설계사, 이오가 그 공간의 쓸모를 기막히게 찾아낸 것이지요.

바이허니 갤러리 상설 화가인 소양과 경춘이 그린 고양이들이 놀고 있는 이곳은 선선한 여름 저녁에 길게 넘어가는 노을을 바라보기 좋은 곳이에요. 어두워지면 드러누워 별바라기 하기도 좋지요.

고양이와 생선이 그려진 벽체를 한 바퀴 돌면 뒷마당 텃밭이에요. 손바닥만 한 텃밭이지만 상추, 고추, 가지, 토마토 등이 철따라 여물어가고요. 모과, 석류, 개암 열매도 익어가지요.

텃밭에서 오른쪽으로 꺾으면 물앵두나무가 서 있는 중정이에요. 열매가 익어가는 봄에는 사람들도 계단과 나무에 주렁주렁 매달려서 물앵두를 따 먹는답니다. 중정 쪽으로 난 유리문을 열면 본채 건물 안으로 들어갈 수 있어요. 계단을 걸어 앞마당으로 내려올 수도 있고요.

텃밭에서 북쪽으로 직진하면 유리온실이에요. 거기서 오른쪽 문을 열면 바이허니 본채로 들어갈 수도 있고요. 뒤쪽 문을 열면 장독대가 놓인 뒷마당으로 나갈 수도 있지요.

별채 방향으로 이어진 나무덱길, 뒷마루와 노을맞이 평상,
유리온실에서 내다본 뒷마당 텃밭

정원을 즐기는 썬룸과 논 풍경을 즐기는 유리온실

앞마당을 지나 건물을 끼고 오른쪽으로 돌면 뒤뜰 다용도실이
있어요. 생활을 위한 여러 도구를 보관하기도 하고 온갖 허드렛
일을 처리하는 곳이지요. 그래서 직원 전용 구역이기는 합니다.

그 옆은 오가피나무, 참죽나무, 머위 등이 자라는 봄나물 텃밭
이에요.

참죽나무 아래 장독대를 지나면 다시 유리온실로 들어갈 수
있어요. 유리온실을 지나 디딤돌이 놓인 텃밭을 따라 걷다 보면

다시 물앵두나무 중정을 만나요. 중정을 통해 앞마당으로 나오거나, 중정을 지나쳐 별채 벽을 따라 돌아 나와도 앞마당이 연결되고요.

커피 한 잔을 손에 들고 혼자서 천천히 마당을 돌아보는 저의 아침 산책길 종점은 카페 출입문 옆에 걸어둔 그네지요. 아침햇살이 가득 들어오는 그네에 앉아 탄이와 아침 인사를 나누다 보면 어느새 커피 잔이 비어 있습니다. 제 일터인 책방카페로 출근할 시간이네요.

정원 공사 후 가장 인기 있는 놀이터는 앞마당 썬룸과 뒷마당 유리온실이네요. 앞마당에 설치한 썬룸은 그야말로 정원을 누리는 공간이에요. 삼면의 접이식 문을 모두 열면 정원 속에 앉아서 꽃과 바람과 햇살을 즐길 수 있는 곳이지요. 손님이 뜸한 오전에 우리 부부가 즐겨 차를 마시는 곳이기도 하고 바이허니에 오신 분들이 가장 선호하는 곳이기도 해요.

썬룸은 카페뿐만 아니라, 일반 주택에서도 아주 유용한 공간이에요. 마당 일을 하다가 잠시 앉아서 쉬거나 근처를 지나가던 이웃들이 가볍게 방문했을 때, 굳이 신발을 벗지 않고도 둘러앉아 차 한잔 나누기에도 너무 편한 공간이거든요.

근처에 사시는 이웃들이 우리 집 썬룸 공사 내용을 많이 물어보시고 실제로 마당 한편에 썬룸을 만들기도 하셨어요.

본채에서 내다본 앞마당과 썬룸,
비 오는 날 고즈넉함을 즐기는 뒷마당 유리온실

　뒷마당에는 벽면은 물론, 천장까지도 투명한 유리온실을 넣었
어요. 유리온실 뒤로 펼쳐진 푸르른 논은 별 기대 없이 들어온
손님들이 탄성을 지르는 풍경이지요. 앞뒤로 달아둔 접이식 창
문을 모두 열어두면 건물 사이로 흐르는 바람결이 좋아 웬만한
여름 날씨에도 에어컨을 켜지 않지요.

　하지만, 사실 이 공간은 겨울을 나기 위해 만든 곳이에요. 한겨
울 추위를 피해 들어온 파초, 커피나무, 수국 등의 화분들 사이
로 내려앉는 햇살을 나누며 해바라기하기에 딱 좋은 겨울 쉼터
이지요.

지붕 없는 거실, 마당 놀이터

현대건축의 아버지라고 불리는 르 코르뷔지에는 주택 정원을 '지붕 없는 거실'이라더군요. 그가 설계한 '작은 집'도 마당을 생활에 끌어들일 수 있는 장치를 아주 세세하게 배치해서, 건물은 작아도 생활은 풍성해지도록 만들었더군요.

저는 마당에서 노는 게 좋아요. 아침에 눈 뜨자마자 커피를 들고 마당으로 나갑니다. 가운데엔 제법 커다란 탁자가 놓여 있어요. 땅을 사자마자 이웃들의 도움을 받으며 만든 첫 작품, 십 년 가까이 눈비를 맞으며 마당을 지켰던 나무 탁자지요.

그곳에 앉아 여린 햇살이 비치는 국수봉을 바라봅니다. 단정하게 흘러내리는 산자락 아래로 옹기종기 모여 앉은 시골집들이 아주 편안하고 다정해 보여요. 그래서일까요? 카페 손님들도 이 탁자를 아주 좋아해요. 널찍하니 펼쳐진 탁자에서 두동반점 짜장면도 시켜 먹고, 손수 싸 들고 온 간식도 펼치곤 하지요.

점심나절 한바탕 손님을 치르고 나면 향긋한 허브차 한 잔 들고 중정의 물앵두나무 아래로 갑니다. 본채와 별채 사이에 있는 곳이라 바람이 아주 잘 통하는 여름정원이지요. 물앵두나무 그늘에 앉아서 앞마당을 내려다보노라면 부드러운 바람이 등을 쓸어주곤 해요.

날이 저물고 마당에 어둠이 내리면 정원 곳곳에 등불이 켜집니다. 사람의 시선보다 낮은 높이에 설치해서 부드럽게 바닥을 비추는 불빛은 마음을 편안하게 만들어 주지요. 근처 사는 이웃이 저녁밥을 먹고 슬슬 산책하다가 들르는 시간, 바람이 잘 통하는 마당에서 누가 손님인지 누가 주인인지 가리지도 않고 맥주 한 잔 앞에 놓고 하늘과 바람과 이야기를 나누는 곳이지요.

정원 어디선가 '야옹야옹' 소리가 들립니다. 서럽고 고단한 하루를 보내고 돌아온 길냥이들이 먹을 걸 나눠달라고 집사를 부르는 소리지요. 얼른 일어나 밥과 물을 갖다 주고 자리를 피해 줍니다. 항상 쫓기는 삶을 살아가는 길냥이들이라 쉽게 몸을 내주지 않거든요. 이렇게 냥이들과 따로 또 같이 마당의 밤이 깊어 갑니다.

옥상에서 내려다보이는 바이허니 마당과 1호 테이블 '나무 탁자'

밤 풍경이 아름다운 바이허니

짱이와 델링이

하루를 열고 갈무리하는 그네의자

바이허니 정원 공사 중 사심 가득한 공간이 하나 있어요. 본채 출입구 옆에 설치한 그네의자, 썬룸이나 유리온실이 손님을 먼저 염두에 둔 공간이라면 이 그네의자는 저를 위해 만들었어요.

아침이면 그득하게 채운 커피를 한 잔 들고 걸터앉는 곳, 새싹들을 어루만지는 봄날 아침햇살을 바라보며 어깨가 펴지는 곳, 손님 뜸한 평일의 오후에 슬그머니 책 한 권 들고 걸터앉는 곳, 바로 그네의자예요. 살랑거리는 그네에 몸을 맡기고 책을 읽노라면 꽤 멋진 책방주인이 된 듯해 저 혼자 으쓱하기도 해요.

　이렇게 모든 순간이 좋지만, 특히 최고의 위로와 휴식을 주는 때는 하루의 일과를 갈무리하는 시간이랍니다. 손님 접대하느라 고단해진 영업견 탄이와(탄이 보러 왔다는 가족들이 은근 많아요.) 마당 산책을 기다려온 집냥이 여울이, 바이허니 뒷마당에 깃들어 사는 길냥이 라스와 델링이가 평화로운 거리를 유지하면서 각자의 정원을 즐기거든요.

　'그래, 우리는 모두 이 마당 식구들이지…….'

　오늘도 흔들리는 그네의자에서 석양빛을 바라봅니다. 한결 차분해진 정원도 눈길로 쓰다듬어 봅니다. 제 마음도 한껏 누그러지네요. 하늘과 땅이 조화롭고 사람과 동물이 더불어 평화롭습니다. 충분하고 충만합니다.

동물 식구와 함께
저녁을 맞이하는 바이허니

따라 하고픈
세상의 책방 구경

책세권
조성기
6

책방을 하겠다고 결심한 후 곳곳의 도서관과 대형서점, 동네 책방 등을 둘러보았습니다. 대만과 일본, 북유럽의 책방도 다녔고요. 책들이 행복한 곳은 사람들도 행복해 보였어요. 그 행복한 공간을 만들기 위해 수고를 아끼지 않았을 책방지기에 대한 존경심도 생겼고요. 처음엔 여행하는 걸음에 책방을 찾았지만, 나중엔 책방을 위해 여행을 만들기도 했어요.

따라 하고픈 동네책방에 가보면 서가의 책들이 다양한 표정으로 말을 건넵니다. 책은 출판단계에서부터 독자들에게 어떻게 하면 눈길을 끌고 말을 붙여볼까 고심하며 만들어졌겠지요. 어떤 책은 다소곳하지만 조곤조곤, 어떤 책은 당당하고 직설적으로, 또 어떤 책은 강렬한 표정으로 다양하게 말을 걸어오고요. 그렇다면 그 말들이 독자들에게 잘 전달되도록 하는 것이 책방지기의 역할이고 역량일 테지요.

건물과 건물을 이어 만든 구산동 도서관마을, 골목길이 복도열람실로

도란도란 마음을 녹여주는 공간

(구산동 도서관마을, 괴산 숲속작은책방)

구산동 도서관마을은 그냥 도서관이 아니에요. 서울 은평구 주민들이 집에서 가까운 도서관을 꿈꾸며 머리를 맞대 만든 '도서관마을'이랍니다. 오래된 다세대주택 다섯 채를 수리하고 연결해 만들었으니 발상부터 신선하고 획기적이지요?

이곳은 집과 집, 방과 방의 틀을 그대로 유지하고 건물과 건물 사이는 담장을 둘러 서가와 복도로 쓰고 있어요. 그렇다고 낡은 동네 느낌이 나는 건 아니고요. 일단 중앙현관에 들어서면 빌라와 빌라 사이 골목길이었다는 게 믿어지지 않을 정도로 로비가 웅장해요.

그리고 그 옛날 아이들이 어울려 공놀이하고 엄마들이 장바구니를 들고 서서 잠깐씩 안부 인사를 나누던 골목길이 건물 안으로 쑥 들어왔어요. 여전히 사람들이 모여 잠깐씩 소식을 나누는 걸 보면 예전의 골목 역할은 살아 있는 것 같았고요. 안부를 나누다가 각자의 서가를 찾아 떠나는 사람들, 놀라운 도서관 구조를 보며 연신 고개만 주억거렸답니다.

원래 건물에 있던 복도와 계단은 도서관 곳곳으로 연결되고, 오십여 개의 방도 그대로 유지해서 여러 커뮤니티 공간으로 쓰고 있었어요. 오호, 원래 건물에 있던 구석진 계단실은 각층 모

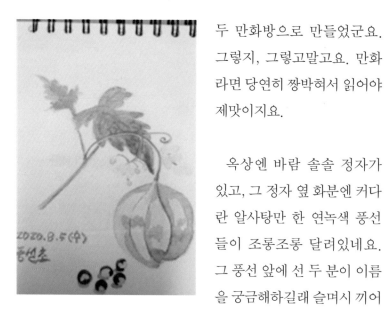

두 만화방으로 만들었군요. 그렇지, 그렇고말고요. 만화라면 당연히 짱박혀서 읽어야 제맛이지요.

옥상엔 바람 솔솔 정자가 있고, 그 정자 옆 화분엔 커다란 알사탕만 한 연녹색 풍선들이 조롱조롱 달려있네요. 그 풍선 앞에 선 두 분이 이름을 궁금해하길래 슬며시 끼어들었어요. 역시 오지랖 여사라고요? 예, 맞아요. 손은 벌써 열매 하나 떼서 막을 찢고 말은 졸졸 흐릅니다.

"모양대로 이름이 풍선초예요. 자세히 봐요. 이게 씨인데……."

말이 끝나기도 전에 어머어머, 탄성이 터집니다. 검정색 씨에 밝은 노랑으로 선명하게 찍힌 하트 모양을 본 것이지요. 탄성 덕분일까요?

저도 잠시 학교에 근무하던 때로 돌아가 봅니다. 아이들에게 하트 모양 씨앗을 보여주며 풍선초 덩굴을 잘 가꾸면 사랑이 찾아올 거라며 뻥치기도 했던 그 시절……. 낯선 서울에서도 그때처럼 풍선덩굴 하나로 금방 친해지네요.

108

숲속 작은 책방의 테라스 서가

　한 차례 수다를 떨었던 저는 이제 밖으로 나가 건물을 빙 둘러
봅니다. 그런데 도서관 건물 어디에서도 전체를 조망할 수 있는
곳은 없네요. 하지만, 어쩌면 그래서, 이 도서관은 책 읽는 공간
으로 너무나 훌륭해 보여요.

　기존의 도서관 곳곳에 근엄하게 붙어있는 '정숙' 팻말을 이곳
에서는 보지 않아도 되고요. 사람과 사람을 이어주는 '도란도
란' 코너도 여기저기 많기에 편안한 마음으로 오랜 시간 머물 수
있거든요.

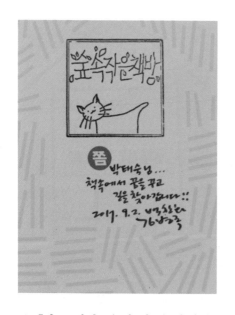

도서관이 있는 마을, 마을에 들어선 도서관, 별다른 준비 없이 특별한 계획 없이 가벼운 마음으로 들를 수 있는 책방, 어른도 아이도 긴장하지 않고 머무를 수 있는 책방! 구산동엔 이런 도서관 마을이 있어요.

괴산 숲속 작은 책방은 『작은 책방, 우리 책 쫌 팝니다』 저자의 집이에요. 괴산 미루마을 전원주택단지에 귀촌한 부부가 뜻한 바 있어 개인 집을 책방으로 변신시켰어요. 가정식 책방이래요. 가정식 백반을 떠올리니 공간이 금방 이해되고 편해지더라고요.

대문에 들어서자마자 다양한 형태의 서가가 손님을 맞이하는군요. 마당 왼쪽에 지어진 작은 정자 서가에는 해먹이 흔들거리고 오른쪽 창고 서가에는 아이들이 쿵쿵거리며 놀고 있어요. 시원한 그늘을 드리우는 정면 테라스 서가에는 흔들의자가 놓여 있고요.

서가라면 당연히 실내에 있어야 한다는 상식을 깬 배치네요. 마당 풀꽃들과 서가가 함께 어우러져 있다니요. 보고 있자니 마치 몸과 마음을 함께 내려놓으라고 권하는 것 같네요. 그동안 상상하지 못했던 풍경 앞에 저는 한동안 멍하니 서 있었어요.

거실, 주방, 복도에도 책들이 빼곡히 꽂혀있네요. 모두 판매용입니다. 손수 써서 붙인 책갈피에서 주인장의 내공이 느껴지네요. 계단을 올라가면 다락방이에요.

어린 시절 많은 이들이 그랬듯, 저도 다락방에서 밤새 책 읽고 싶은 소망이 있었어요. 잊고 살았던 그 소망을 바로 이곳에서 이루어볼 수도 있겠어요.

반대편 방은 더 재밌어요. 그 비밀의 방은 "책아, 책아 사랑해."를 세 번 외워야 문이 스르르 열린답니다. 주인 부부가 평생 동안 사 모은 팝업북 등이 비치되어 있는데 보는 것만으로도 너무 신기하고 재밌어요.

오로지 책과 함께 하룻밤을 보내고자 하는 분들이라면 마음껏 즐길 수 있답니다. 이른바 북스테이!

책방지기 백창화 님과 인사를 나누었어요. 이분이 쓴 책을 읽어서였겠지요. 오래 알고 지내온 사람처럼 이내 허물없어지더군요. 하긴, 출산과 육아를 치른 이 땅의 직업여성이라는 공통점만으로도 공감과 연대는 금방이었을 거예요.

"힘겨울 때가 많았어요. 배낭 속에 책 한 권 달랑 넣고 온전히 혼자서 쉬러 가고 싶을 때가 많았는데 종교단체에서 운영하는 곳들이 대부분이었어요. 여러 이유로 제게는 문턱이 높았죠. 시간이 흐르고 여러 우여곡절 끝에 아름다운 정원과 책이 가득한 집을 누리게 되었어요. 꿈꾸던 삶의 공간을 스스로 만들어내었다는 충만감에 마음이 벅차더군요. 그런데 우리끼리 지내다 보니 이 공간이 아까운 거예요. 누군가에겐 지금도 간절히 꿈꾸는 쉼터가 될 수 있겠다는 생각이 자꾸만 들고요. 그래서 북스테이도 시작하게 되었어요."

책방지기의 말을 들으며 제 눈도 반짝거렸겠지요. 이토록 정겹고 편안한 동네책방과 북스테이가 가까이에 있다면, 그곳을 가꾸는 주인장이 동네 언니처럼 편안해서 이런저런 이야기를 두런두런 나눌 수 있다면, 그래서 새로이 힘을 얻고 일터로 돌아갈 수 있다면…….
그야말로 제가 꿈꾸던 일 아닌가 말이에요. 저보다 앞선 그녀의 걸음에 부러움과 존경심이 일더군요.

으리으리하고 멋진 공간은 돈이 많으면 지을 수 있겠지요. 하지만 머무를수록 편안해지는 공간은 관심으로 만들어가야 한다고 생각해요. 동의하시지요?
공간 속에서 벌어질 일들을 끊임없이 상상하고 사람들의 동선을 계속 그려보아야 해요. 그래야 실제로 사용하는 사람들이 편안하고 재미있게 지낼 수 있으니까요. 재미있는 공간은 재미있는 일들을 만들어낼 것이니 말이에요.

조곤조곤 책이 말을 걸어오게 하는, 큐레이팅

(우분투북스, 사와야 서점)

대전 우분투북스는 그저 그런 동네책방이 아니에요. '책의 발견성을 높여주는' 북 큐레이션 연구소를 겸하고 있답니다. 책방 주인장은 잡지사 기자와 출판사 편집인을 거쳐 도서관재단에서 작은도서관 지원사업을 총괄 운영하던 분이에요. 그러니 책에 대한 안목이 누구보다 탄탄해요.

책장은 벽을 가득 채우고 책은 책장에 빼곡하게 꽂혀있어요. 어떤 책은 살짝 삐져나와 비켜 서 있는데, 주인장이 특별히 권하는 책들이에요. 그게 전부예요.

책장 분류나 낱낱의 책에 대해서도 구구절절 설명하지는 않네요. 음식 관련 책들을 모아놓은 서가엔 채소를 그린 엽서 한 장이 놓여 있는 정도일 뿐이에요.

그런데, 희한하게도 책들이 나 여기에 있다며 책이 말을 걸어오네요. 북 큐레이팅이란 이런 것이구나 싶더군요.

동네책방은 어차피 모든 책을 갖다 놓을 수 없어요. 쏟아져 나오는 책 중에서 고르고 골라 책장에 '모셔야' 하는 거죠.

책을 고르고 고르는 일, 이른바 북 큐레이션! 다양한 큐레이팅 중에 우분투북스가 추구하는 정신은 '오가닉&슬로라이프'이에요. 농촌에서 건강하게 키운 먹거리를 도시의 소비자들과 연결해 주고 싶어 책방을 만들었다고 하는데 들어서는 순간 그 분위기가 바로 느껴졌어요.

중앙에는 다소 높고 긴 테이블이 놓여 있어요. 그곳은 서가에서 꺼낸 책을 잠시 앉아서 읽을 수 있는 탁자로 쓰이는 듯했어요.

서가를 한 바퀴 둘러보는 동안 책방지기가 차를 우려 탁자 위에 올려 두었네요. 탁자에 앉는 순간 책과 공책이 들어와요. 와타나베 가즈코의 『걱정하지 마세요. 언제든 웃을 수 있습니다』, 지금 주인장이 읽고 있는 책인가 봐요. 글씨가 무척 단아했어요. 제가 관심을 보이자 읽고 있는 책에서 길어 올린 문장을 매일 한 바닥씩 적고 있다고 하네요. 하아…… 저 멋진 일, 따라 할 수 있을까요? 필사 이야기로 말문을 열어봅니다. 어느새 제 얘기까지 하게 되네요.

"저는 순발력은 있지만 지구력이 없어서 못 하겠어요."
"문제 될 게 있어요? 순발력으로 할 수 있는 일을 하시면 되지요. 저는 지구력밖에 없어서 이렇게 글을 옮겨 쓰고 있을 뿐이에요."
그러니까 나는 나의 길을 가라는 말이지? 주인장의 말이 그렇게 들렸어요. 사실 저는 책방을 열겠다는 의지만 있었지 아는 게 너무 없었어요. 누구에게 물어보자니 시간과 노하우를 뺏는 거 같아 미안하고 민망해서 그저 책방 구경만 다니고 있었거든요. 그런 제가 용기를 냈습니다. 흠흠, 목청부터 다듬었지요.

"사실은 저도 책방을 준비하고 있어요."

우분투북스 전경

아, 부끄럽고 눈치가 보였는데 주인장이 반색하며 손을 내밀어주네요. 책 구매부터 책방에 비치하는 소품들까지 무엇이든 물어보라는 거예요. 그리고 덧붙이길, 그 모든 내용을 블로그에 공개해 두었다네요. 예? 뭐라고요? 앉은자리에서 주인장의 블로그를 열어보았어요.

과연 우분투 주인장다운 나눔이더군요. 책방 이름을 다시 되새기지 않을 수 없었지요. 우분투는 '네가 있어 내가 있다'라는 아프리카의 정신이 담긴 말이에요. 나보다는 상대방, 우리를 존중하는 마음 말이에요.

아, 세상은 이래서 아름다운 건가 봐요. 그 아름다움의 귀퉁이를 차지하는 동네책방이 자랑스럽고요.

북 큐레이션은 물론 책방을 열고 지켜나가는 정신부터 따라하고 싶은 우분투 책방!

"책은 기호품이 아니라 필수품입니다."

『책과 사람이 만나는 곳, 동네서점』의 저자이자 사와야 서점 폐잔점 점장인 다구치 미키토 씨의 말이에요. 2011년 동일본 대지진으로 지역민들의 삶이 통째로 무너졌을 때, 사람들은 서점으로 몰려왔다고 해요.

마치 사재기를 당한 마트처럼 책장에 책이 텅텅 비었고, 사람들은 어떤 책이든 좋으니 읽을거리를 달라며 애원했다고 하네요. 책은 단순히 기호품이 아니라 삶에 없으면 안 되는 존재라는 걸 재해를 통해 알게 되었던 것이지요. 믿기지 않으신다고요? 그럴 때는 슈퍼마켓으로 가게 될 거라고요?

슈퍼마켓도 서점도 다 맞을 거 같아요. 저라도 그랬을 거 같거든요. 새로운 일을 하거나 해답이 필요할 때 관련 책부터 구해 읽는 사람들, 제 주위에도 많고요.

저자는 과일이나 채소처럼, 책도 제철이 있다고 말하더군요. 책의 제철은 손님이 '이런 책을 읽고 싶다' 라는 타이밍이죠. 서점직원은 책이 제철을 만날 수 있도록 해야 하고요. 끊임없이 시대와 사람과 소통하면서 책을 제안해야 하죠. 일단 제철 책이 정해지면 POP 광고를 통해 홍보로 들어가요. POP로 먼저 손님의 눈길을 끈 다음 책에 대한 진심을 전달하는 거예요.

공들여 작성한 POP는 당연히 책의 매출에도 큰 영향을 미치게 되겠지요. POP(Point of Purchase)가 뭐냐고요? 저도 이 책을 통해 알았어요. 소비자가 상품을 구매하는 최종지점에서의 광고를 뜻한대요. 상품의 실물대는 물론 모형·포스터·간판 등 소매상에 있는 광고물 전부를 말하는 거더라고요.

저는 대형서점이 할 수 없는, 동네책방이 가지는 역할의 재발견에 주목했답니다. 동네책방은 대개 이웃이 오니 손님의 성향을 파악할 수 있고 손님 맞춤형 서비스가 가능하니까요. 자, 서점직원이 나누고 싶은 가치가 있는 책을 발견했다 칩시다. 그러면 그 가치에 동의하는 손님들이 떠오르고, 지역에 도움이 되는 책이라는 것도 알게 되면 집중 홍보가 가능하고 지역의 베스트셀러를 만들어낼 수 있겠지요.

이 서점의 예를 볼까요? 직원들은 『주위에서 볼 수 있는 여러 가지 풀의 비밀』이라는 책을 읽고 그 가치를 지역민들과 나누고 싶었어요. 날씨가 화창해지는 봄을 이 책의 제철로 설정하고 집중적으로 홍보하면서 '저자와 함께 야생초 보러 가기' 이벤트도 열고, "자, 걸어보자!"라는 POP 광고와 함께 『걷기가 왜 좋을까』라는 책도 함께 비치하는 거죠.

두 권의 책은 상승작용을 하면서 베스트셀러가 되었고 지역에는 걷기 열풍이 불었답니다. 놀랍지 않나요? 이런 모습이야말로 책에서 시작하는 놀라운 변화인 거죠. 바로 제가 꿈꾸던 일!

동네책방은 지역 활성화에 참여해야 합니다. 지역의 여러 모임에 참여하고 지역 문제를 해결하는 데 도움 되는 책을 소개해

야 하고요. 지역 사람들이
하고 싶은 일에 서점을 빌
려주고 관련 책을 제안해서
문제 해결에 도움을 주어야
하지요.

서점이 변신하고 있어요.
카페와 만나기도 하고, 꽃
집과 만나기도 하고, 병원
과 만나기도 하고 은행과
만나기도 합니다. 사람이

모이는 곳에 책이 들어가고 책으로 사람을 더 모으기도 하지요.
다양한 공간과 결합한 책들이 누군가에게 새로운 삶을 발견하는
계기가 되면 좋겠습니다.

평등한 삶을 디자인하고 제안하는 북유럽 도서관
(핀란드 오디 도서관, 노르웨이 트롬소 도서관)

북유럽은 디자인으로 유명하지요? 도서관에도 그 멋진 디자인
이 적용되어 있더군요. 그런데 자세히 보면 북유럽 도서관 디자
인은 외관만 아름다운 게 아니라 시민들의 생활을 디자인으로
지원하고 제안하는 놀라운 기능이 있더군요.

핀란드는 '모든 사람이 평등하게 도서관 서비스를 이용할 수 있도록' 도서관법으로 정하고 있어요. 2018년은 핀란드가 독립한 지 100주년이고요. 그 기념으로 헬싱키 중앙도서관을 짓기로 했는데, 도서관 이름을 시민공모로 결정했다는군요.

오디(Oodi)는 핀어로 '헌정'이라는 뜻이라는군요. 그러니까 독립을 위해 헌신한 시민들에게 국가가 헌정한 도서관이라는 거지요. 오디 도서관의 설계 디자인 공모 요강에는 "시민들의 디지털 격차를 줄이고 정보가 소외되는 것을 방지함으로써 평등 도모를 위해 힘쓴다."라고 명시되어 있대요.

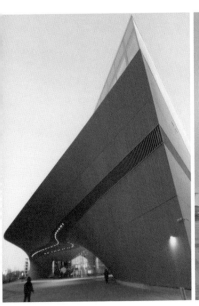 

오디 도서관 외관과 출입구

오디 도서관 로비와 테라스 통창으로 보이는 바깥 전경

헬싱키 중앙역에서 걸어서 3분 거리, 누구나 쉽게 접근할 수 있는 곳에 자리 잡은 공공도서관, 오디(Oodi) 도서관. 중앙역에서 걸어가며 바라보니 바다 위에 우람한 배 한 척이 떠 있는 듯해서 금방 눈에 띄더군요. 통나무배 같은 외관은 웅장하지만 부드러운 곡선으로 만들어져 다정하고 아름다웠어요.

실내를 둘러보니 놀라움과 부러움의 감탄이 계속 터져 나오더군요. 전면 통유리창과 천창을 통해 들어온 빛이 건물 안까지 골고루 퍼지고 있어 분위기가 아주 밝고 쾌적했어요.

평일이었지만 많은 시민이 도서관을 찾고 있었고 특히 유모차에 아기를 태우고 온 엄마들이 도서관 로비에 있는 카페테리아에서 담소를 나누는 모습은 얼마나 편안해 보이던지요.

엘리베이터를 타고 3층 열람실로 올라갔어요. 3층은 '패밀리존', 어린이 서가와 어른 서가가 나란히 놓여 있고 책 읽는 어른들 곁에서 아이들이 신발을 벗고 바닥에 앉아 놀고 있었어요. 남녀노소를 구분 짓지 않는 것이 오디 도서관의 컨셉이라네요.

10만 권의 장서가 진열되어 있다는데도 답답하지 않고 쾌적했어요. 천장과 바닥이 곡선형으로 불규칙하게 디자인되어 있고, 서가도 나지막하게 시선을 막지 않아서 심리적 긴장을 풀어주는 듯하더군요. 전면의 통유리창 문을 열고 나가면 마치 바닷가 백사장처럼 시야가 탁 트인 테라스가 펼쳐지더군요.

한 줌의 햇살도 아끼는 북유럽 시민들에게 이토록 널찍하고 편안한 햇살 놀이터라니!

겨울이라 테라스에 나갈 수 없는 것이 무척이나 아쉬웠어요. 좋은 계절에 다시 와서 이 테라스에서 커피 한 잔을 마시며 현지인처럼 해바라기 해보고 싶었어요.

쭈욱 이어진 나선형 계단을 걸어 2층으로 내려왔어요. 2층은 디지털 정보를 공유하는 공간이더군요. 다양한 멀티미디어 시설들과 소규모 동아리방이 곳곳에 배치되어 청소년들에게 인기가 있고요.

2층 복도를 따라 배치된 디지털 공유 공간과 공연 관람석 같은 계단

3D프린터, 대형현수막 프린터, 재봉틀 등 고가의 장비들이 복도에 비치되어 누구나 쓸 수 있도록 하고 있어 더 놀랍더군요. '시민들의 디지털 격차를 줄이고 정보가 소외되는 것을 방지하겠다' 는 설립 취지가 실현되는 것이 보였어요.

　　노르웨이 수도에서도 한참이나 떨어진 북극 마을 트롬소. 우리나라로 치면 강원도 고성이나 전라도 진도쯤 될까요? 오로라를 보기 위해 들렀던 그곳은 겨울이라 아예 해가 뜨지 않더군요.
　　하루 종일 어두컴컴한 거리를 걸으며 몸도 마음도 얼어붙을 것 같았던 트롬소에서 위안과 휴식을 주었던 곳은 트롬소 공공도서관이었어요.

도심 전체가 내려다보이는 곳에 지어진 공공도서관
빛을 최대한 끌어들이게 디자인한 도서관

도서관이 도심의 가장 좋은 위치에 자리잡고 있다는 것부터 신선한 충격이었어요. 웅장하나 위압적이지는 않은 건물로 들어 갔어요.

엘리베이터를 타고 3층 열람실로 올라간 순간, 입이 다물어지 지 않았어요. 전면의 돔형 통유리창을 통해 시가지와 그 너머 바 다가 한눈에 펼쳐지더군요. 그 창을 향해 아름답고 편안한 안락 의자가 곳곳에 놓여 있어서 앉아볼 수밖에 없었고요.

우리 일행은 서가를 둘러보며 각자 읽고 싶은 책들을 꺼내왔 어요. 그중에 오로라를 찍은 사진첩이 있었는데, 정말 황홀하더 군요. 다음 날 오로라 투어가 예약되어 있어서 몹시 설레기도 했 어요.

북유럽의 자연환경은 인간에게 결코 유리하지 않아요. 땅은 척박하고 해는 계절에 따라 너무 길거나 짧거든요. 그런데도 그 들의 삶이 우아하고 풍족해 보이는 것은 '함께 나누기' 때문일 거예요.

그중에서도 공공도서관을 통해 정보와 휴식을 골고루 나누는 사회, 앞으로도 그렇게 나눌 수 있을 거라는 신뢰, 그것이 어두 컴컴한 한낮의 거리를 걸으면서도 우울에 빠지지 않는 그들의 안전망인가 봐요. 참으로 따라하고픈 도서관 정책이었답니다.

책방지기가
되어가며

책세권
성장기
1

OECD 회원국 중에서 우리나라의 평균 독서량은 하위권이라는군요. 2018년엔 정부에서 '책의 해'로 선포하고 책 읽기를 특별히 권장하기도 했지요. 그런데, 동네서점이 사라졌어요. 산책길에 우연히 들렀다가 책 한 권 사던 일도 추억이 되어버렸어요.

책은 단순한 소비재가 아니에요. 책은 저자의 오랜 경험과 삶의 철학을 응축한 것이라 한 권 한 권이 모두 현재를 드러내고 미래를 준비할 콘텐츠지요. 책을 만나는 것은 한 사람의 삶을 깊숙이 만나는 일, 삶의 방향을 바꿀 수도 있는 일이라고 믿어요. 그래서 책은 우리 일상의 바로 곁에 놓여 있어야 해요.

아이와 함께 나간 잠깐의 산책길에서, 학교에서 돌아오던 귀갓길에서, 동네 식당에서 밥을 먹고 나오다가, 버스를 기다리는 동안 등 잠깐의 자투리 시간에 만나는 새로운 콘텐츠들, 동네마다 마트가 있듯이 동네마다 서점도 하나쯤은 있어야 하는 거 아닌가요?

저라도 우리 동네에 서점을 열어야겠다고 생각했어요. 단순히 책을 사고팔기만 하는 곳이 아니라 책을 통해 이런저런 삶의 이야기도 나누는 곳을 만들고 싶었어요. 거기에 따뜻한 차와 달콤한 간식이 함께한다면 누구라도 쉽게 마음을 열고, 조금 더 오래 머물고 다양한 책 놀이가 벌어지지 않겠어요?

126

맛있는 커피를 마시러 왔다가 '어쩌면 인생을 바꿀 수도 있는' 책을 발견하는 기쁨도 생길 수 있겠지요. 그래서 바이허니는 책방+카페로 운영합니다.

책방+카페로 운영하는 것은 경제적인 문제도 있어요. 책만 팔아서는 공간을 운영할 수 있는 수익구조가 아닌 거지요. 공간 운영비는 카페에서 나오는 수익으로 충당하고 책방 수입은 서가를 유지하는 비용 정도만 보장된다면 해볼 만하겠다는 계산속이 있었어요.

운영해 보니 실제로도 그렇습니다. 책방만으로 운영하기보다는 책방+카페로 운영하는 것이 서로 도움이 되고 있어요.

바이허니가 산책길, 하굣길, 퇴근길에
잠시 잠깐 일상의 여백을 줄 수 있다면

뭐부터 시작하지?

결심은 섰지만 참으로 막막하더군요. 일단은 동네책방을 많이 다녀봤어요. 책방의 서가를 구경하다 보면 책방지기의 취향도 보이고 서가의 배치도 보이고 책방의 프로그램도 보이더군요.

저 많은 책은 어디서 얼마에 사 오는 걸까? 몹시 궁금했지만, 쉽게 물어볼 수는 없는 영업비밀이겠지요. 저는 대전 우분투북스 도움을 받았어요.

우분투 주인장답게 책을 구입할 수 있는 도매처 - 송인서적, 북플러스, 북센 등등을 주르륵 설명해 주셨어요. 책방 창업 과정이 모두 정리되어 있는 책방지기 블로그 도움도 받았고요. 우분투 만세!!

책방지기의 서가

알려주신 도매처에 순서대로 전화를 걸고 동네책방을 준비하고 있다고 말해봤어요. 반응이 어찌나 시큰둥하던지, 혹여라도 책을 안 준다면 어쩌나…… 착잡해지더군요.

도매처 입장도 이해는 됩니다. 수십 년 경력이 있는 서점도 문을 닫는 현실인데, 서점 경영에 대해선 아무런 경험도, 지식도, 신용도 없는 책방에 어떤 기대를 하겠어요. 우여곡절 끝에 도매처의 영업담당자가 방문하고는 계약조건으로 천만 원 선입금하면 그 금액 내에서 일차적으로 책을 보내주기로 했어요. 그 이후엔 책을 먼저 받고 다음 달에 결재하는 걸로 융통이 되더군요.

친구 찬스로 완성되어 가는 책방

좋은 책을 고르는 일, 그 책을 적절히 소개하는 것은 책방지기의 고유하고도 고상한 일이랍니다.(서가 사이사이의 먼지를 털고, 간밤에 생을 다한 하루살이 사체들을 치우고, 손님이 흘린 먹거리 부스러기를 훔쳐내는 것들 또한 피할 수 없는 책방지기의 일이니까요.)

좋은 책을 고르는 일은 역시나 어려운 일이에요. 하지만, 저에겐 '책 쫌 읽는' 친구들이 많아요. 라경은 학교 도서관을 운영해본 몇 안 되는 과학 선생님이지요. 평소 그녀의 독서 이력을 알고 있으니 책을 고르는 안목이야 한 치도 의심할 것 없고요.

마침 그녀도 동네책방을 준비하는 상황이라 '서로 돕자' 꼬드기기 좋았어요. 기대했던 대로 라경은 영역별로 좋은 책들을 쏙쏙 골라 구매리스트를 만들더군요. 그리고 다른 친구들에게도 #나도 북큐레이터를 부탁했어요.

'책 쫌 읽는' 친구들의 '#나도 북큐레이터' 메시지

　　좋은 책을 고르는 일이 끝나면 그 책을 적절하게 소개하는 것 또한 책방지기의 중요한 역할입니다. 우선 책들을 종류별로 구획해 배치해야 독자들이 책을 찾기가 수월하겠지요. 바이허니에서는 십진분류법을 따르지는 않지만, 나름 규칙을 가지고 서가를 분류하고 있어요. 예술-여행-라이프스타일-초록세상-반려동물-과학/의학-문학-철학/심리학-울산작가 코너-그림책 순으로 진열했고요, 중앙에는 기획도서 코너가 있어요.

　　바이허니에서는 주문과 반품을 자주 하는 편이에요. 거의 매일 책을 주문하고 월 1회 정도 반품을 합니다. 자본도 부족하고 공간도 부족해서 많은 책을 진열할 수 없기에 신간은 최대한 빨리 주문하고 몇 달째 팔리지 않는 책은 반품하고 있지요.

물론, 책방지기가 아주 좋아하거나 고전의 반열에 오른 책들은 매출과 상관없이 서가를 지켜주고 있고요. 거기서 책방 고유의 색깔이 나오니까 포기할 수 없어요.

이제, 어떻게 팔지?

기존의 동네서점이 책을 사고파는 상점이라면, 요즘 새로 생기는 동네책방은 책으로 이런저런 활동을 만들어내는 문화공간입니다. 그렇게 되어야 망하지 않고요. 저도 학교 도서관 담당 교사로 일하면서 아이들과 해온 다양한 책 놀이를 바이허니에서 풀어놓고 있어요.

우선 책방지기인 저의 성향과 역량에 맞는 몇 개의 책 모임을 운영해요. 책 모임 참가자들은 바이허니에서 대상 도서를 구매하는 걸 원칙으로 해요. 책 모임에서 선정한 도서는 기획코너에 따로 진열하고요. 그러니 책 모임 회원이 아니더라도 그 책을 구매하는 분들이 종종 있어요. 그러다가 책 모임에 가입하거나 새롭게 모임을 꾸리기도 하니, 그 번짐이 아름답더라고요.

SNS를 활용하기도 해요. 저는 동네책방에서 흔히 쓰는 인스타그램 대신 온라인밴드를 운영하고 있어요. 바이허니 밴드 회원님들은 매우 적극적이에요. 일반적인 온라인밴드에 비해 구독률과 댓글 반응이 높아요.

책 모임 선정 도서 기획 서가, 바이허니 SNS, 책 모임 공지판

　출판사에서 동네책방 전용으로 만들어내는 책들은 밴드를 통해 소개하고 공동구매하기도 합니다. 인기 작가의 책을 동네책방 전용 표지로 디자인해서 한정판으로 제공하기에 인기가 많지요.

　책방을 해보니 알겠어요. 왜 열정 가득한 마음으로 당차게 시작한 동네책방들이 몇 년 지나지 않아 문을 닫게 되는지 말이에요. 흔히들 자영업이 수익을 내려면 재료비 40%, 임대료와 공과금 30%, 인건비 30%를 잡아야 한다는데, 동네책방의 책(재료) 구입비는 70% 내외인 경우가 대부분이에요. 거기다가 임대료와 부대 경비까지 빼야 하니 책방을 지속할 수 있는 수익구조가 안 되는 것이지요. 온라인서점이나 대형서점이 누리는 할인율은 꿈꿀 수도 없고요. 이러니 동네책방은 운영방식이 다를 수밖에 없어요. 손님은 할인과 적립금을 포기해야 하고요.

　온라인서점보다 배송이 늦기도 해요. 고맙게도 바이허니에는 이런 불편함을 기꺼이 감수해 주는 손님층이 꽤 두텁습니다. 동네책방의 가치를 알아주는 그분들이야말로 동네책방의 숨은 운영진인 거죠. 운영진의 발굴과 확장은 제가 할 일이고요.

　그런데 많은 분이 자주 와 주서도 개별 구매는 한계가 있습니다. 책(재료) 구입비가 70% 내외이니 아무리 열심히 팔아도 인건비와 부대비용을 감당하기 어려운 거죠. 한꺼번에, 많이 팔아야지요. 그래야 살아남습니다.

　그런 점에서 '지역서점 활성화 조례안' 제정이 얼마나 필요한지 모릅니다. 이 조례안에 따르면 공공기관에서는 지역서점의 책을 구매하도록 하고 있거든요. 이 법령이 활성화되면 동네책방에겐 큰 도움이 될 거예요.

바이허니 추천도서들

지역서점이란 '지역 안에 방문매장을 두고 불특정 다수인에게 도서를 전시 판매하는 서점'이라고 명시하고 있어요. 그동안 공공기관에 대량으로 책을 팔아온 업체는 서점이 아니라 창고를 가진 유통사업자가 많았거든요.

지역 공공기관에는 학교 도서관 , 공공도서관, 지자체 소속 작은도서관 등이 있는데 조례안을 실천하게 되면 기관평가에서 좋은 점수를 받게 된다고 해요. 그러니 지역 공공기관에서도 상생 파트너로 동네책방을 받아들이게 되고요. 이런 좋은 제도가 빨리 정착되었으면 좋겠어요.

저는 학교에 오래 근무해 온 사람이라 학교 도서관 쪽으로 홍보를 많이 했어요. 학교장터나 나라장터 같은 전자조달시스템에도 들어가 입찰에도 도전했어요. 성공률이 높지는 않지만, 차근차근 경험을 쌓고 있습니다.

일 년 남짓 책방+카페를 운영해 오다가 책방 사업자를 분리했어요. 공공기관에 책을 납품하려니 '책방카페'라는 업종형태를 낯설어하며 못 미더워하는 눈치였거든요. 카페에서 부업으로 책을 파는 것이라 생각하는지 도서납품 능력을 의심하더군요.

그래서 책방의 정체성을 좀 더 확실히 다지기 위해 책방을 독립시킨 거죠. 책방카페 바이허니의 북마스터였던 제가 책방 바이허니의 대표가 된 거예요. 그러면서 덤도 생겼어요.

'여성 기업 인증제' 라는 것이 있더라고요. 공공기관에서 물품을 구매할 때 여성 기업 물품을 우선 구매한다는 우대 정책이래요. 얼마나 실효성이 있을지는 모르지만, 두 가지 우선권을 장착하였으니 꾸준히 도전하여 공공기관 납품을 늘려나갈 것입니다.

통계상으로 동네책방은 2년 안에 절반이 망한다고 해요. 이제 절반 안에는 들었습니다만 저는 앞으로도 계속 생존할 수 있도록 노력할 겁니다.

우리 동네 문화사랑방인 책방이 동네에서 사라지지 않도록 동분서주, 열심히 책을 팔 거예요. 더불어 또 다른 동네에서 나름의 색깔로 동네책방을 꿈꾸는 분이 계신다면 제게 연락해 주세요. 우분투북스에 이어 이번엔 바이허니가 모든 경험치를 전해 드릴게요.

바이허니 프로그램을 제안하는 친구, 이웃들

바이허니 활용법(기본편)
- 일상에서

책세권
성장기
2

커피 마시며 책 읽기

철들고 난 이후로 가장 많이 한 일이네요. 커피 마시며 책 읽기 말이에요. 바쁘고 힘든 일상의 틈새에서 누리는 커피와 책은 때로는 휴식, 때로는 위안, 때로는 발견의 기쁨, 때로는 슬픔의 연대였지요. 뽀빠이의 시금치처럼 힘든 일상 속으로 성큼성큼 걸어갈 힘도 주었고요.

어디 저만 그랬을까요? 당신, 당신, 또 당신에게도 책과 커피가 만나는 시간은 단순히 좋아한다고만 표현할 수 없는 그 무엇이지요? 그래서 '바이허니'에서 제일 우선하는 일도 커피와 책입니다. 간판 이름부터 '책방카페' 잖아요.

책방 이야기부터 해볼까요?

'바이허니'의 책방은 두 군데로 나뉘어 있어요. 아래층은 책을 파는 곳입니다. 서가는 제재 중심으로 배치했어요. 문학, 반려동물, 가드닝, 심리학, 과학 등으로 말이에요.

책은 주로 앞표지가 보이도록 세워 두었고 신간은 입구 쪽 판매대에 뉘어 놓았어요. 책 얼굴을 한눈에 보시라는 의미로요. 사람은 첫 만남 3초 만에 사랑을 느낀다는 연구 결과가 있더라고요. 책도 그렇지 않을까 싶어서요.

나름 뿌듯한 공간도 있습니다. 그중 하나가 울산작가 코너예요. 우리 지역의 역사문화를 다루거나 우리 지역 출신 작가들의 작품을 모아둔 곳이지요.

풀뿌리 민주주의, 지방자치제니 하면서 말들은 많지만 우리는 의외로 발 딛고 사는 곳을 잘 모르고 있잖아요. 중앙을 중심으로 여기며 스스로를 주변부로 격하시키는 경향도 있고요.

그러니 울산작가 코너는 동네책방의 의무이기도 하더라고요. 동네책방을 하면서 우리 지역에 이렇게 많은 작가가 있다는 걸 알게 되어 기뻤고요. 작자들이 자신의 책을 들고 찾아오기도 하니 보람도 큽니다.

서가와 울산작가 코너

방콕하고 싶을 때, 열공하고 싶을 때, 멍때리고 싶을 때… 언제라도 좋아요, 바이허니

책방을 둘러보는 동안 바리스타가 주문하신 음료가 나왔다고 하나요? 그러면 강한 끌림을 받은 책을 들고 올라오시면 됩니다. 동네책방이 사라지지 않기를 바라는 사람이라면 들를때마다 책 한 권은 꼭 산다고 하지요. 이제 우리 손님들도 그렇게 하시네요. 온라인서점과 달리 적립금은커녕 할인도 못 해주는데 말입니다.

2층 서가 사이 창가 자리들은 그야말로 커피 마시며 책 읽는 곳입니다. 넓은 창으로 바깥 풍광이 그대로 들어오니 가끔은 멍하니 앉아있어도 좋아요. 텅 비어가는 머릿속이나 자연풍경이 책이 되는 순간도 더러 있으니까요. 2층의 서가들은 흔히들 말하는 '북카페' 형태입니다. 판매용이 아니라 읽기용이란 거죠.

있던 책들 모아서 꽂아두었냐고요? 아닙니다. 독서에 관한 한 무림고수들이 자기 이름을 걸고 서가 하나씩을 채웠답니다. 그들의 전공과 취향이 달라서 어린이, 청소년, 과학과 환경 등으로 특화되어 있기도 하니 찬찬히 보시기에 좋을 거예요.

바이허니를 준비하면서 참고한 책들도 서가 하나를 차지하고 있으니 책방이나 카페를 계획하고 있는 분들에게는 도움이 될 수도 있을 겁니다.

이제 주방 쪽으로 넘어갈까요? 커피를 배우며 황홀한 개미지옥을 경험한 바리스타가 분주하게 움직이고 책방지기인 제가 보조합니다. 그날 기분에 따라 손님 스스로 고른 잔에 향기 가득한 커피가 내려앉고 제철 과일로 만든 수제 차들이 제 빛깔대로 쟁반에 놓입니다.

풍미 그득한 커피를 내리는 1급 바리스타와 힘센 집밥 같은
마실 거리를 준비하는 친구들

어린이 화가 지원의 갤러리, 바이허니 갤러리에 첫 번째로 전시된 경춘의 그림들

시판용 카페 음료 재료가 다 있다고요? 예, 그렇긴 하더라고요. 카페를 시작했을 때 재료판매처에서 간편 제조법을 일러주기도 했고요. 그런데 그러고 싶지 않았어요. 몸이 좋아하는 마실 거리여야 한다고 생각했어요. 그래서 재료를 고르고 다듬는 것부터 시작하는 힘센 집밥처럼, 바이허니의 음료는 건강한 재료에 시간과 정성을 더했어요. 그 마음 헤아리시어 마지막 한 방울까지 남김없이 드셨으면 해요.

취미로 시작해 인생 이모작을 꿈꾸는 이들의 인큐베이터가 되고 싶은 바이허니

작은 갤러리와 공유 진열대에서 문화생활하기

전국의 책방카페를 돌아다니다 보면 욕심나는 것들이 얼마나 많았는지 모릅니다. 덩달아 꿈꾸기는 했지만 대개 땅과 돈에 발목이 잡히곤 했어요.

최소한의 예산으로 공간을 최대치로 활용하기 위해 가상의 공간을 짓고 허물기를 반복하며 온갖 아이디어를 짜내야만 했어요. 설계사 고생이 이만저만이 아니었지요.

그 와중에서 책방과 주방이 크기 다툼을 하고 서가와 테이블 위치도 몇 번이나 바뀌었어요. 하지만 갤러리는, 비록 5.5평밖에 확보할 수밖에 없었지만, 언제나 그 자리였어요. 포기하지도 않았고요. 3면에 작품을 걸 수 있도록 조명과 와이어를 설치했어요. 북토크 같은 행사를 고려하여 정면 벽은 스크린을 내릴 수 있도록 미리 고려하였고요.

갤러리 느낌을 내기 위해 책방보다 바닥을 높이고 원목 마루를 깔았어요. 피아노까지 놓으니 갤러리는 살짝 숨고 책방과도 열린 듯 닫힌 듯 경계가 지어지더군요.

하얀 벽면의 첫 주인공은 경춘의 그림! 국어 선생이면서 화가인 경춘의 단독 전시회였지요. 골방에 갇혀있던 유화 십여 점이 관객을 만났어요.

헤르만 헤세 초상화부터 바나나 우유를 마시는 강아지 그림까지, 잔잔한 공감을 준 경춘의 그림이 내려지고 이후 손님으로 왔던 분의 사진, 마을 어린이들의 그림, 친구의 친구가 만든 솟대 등 다양한 작품이 매달 새로이 전시되고 있어요.

사람은 밥만 먹고 살 수 없지요. 형이상학이 뭐 별건가요. 밥으로 채워지지 않는 욕구 혹은 욕망이 있다는 거겠죠. 문화생활이 뭐 별건가요. 책을 읽고, 커피를 마시고, 음악을 듣고, 좋은 풍경을 찾아 떠나는 걸음이 모두 문화생활이죠. 향유의 기쁨도 있지만 창조의 환희도 있겠지요.

취미에 몰두하다 보면 점점 한 분야 전문가가 되고 나중엔 인생 이모작을 풍성하게 하는 직업이 될 수도 있겠지요. 그래서 마련한 게 공유 진열대입니다. 취미에서 직업으로 가는 길목의 인큐베이터를 원하는 분들에게 벽면 코너를 내드렸어요.

지금은 화니 도마, 연태 서각, 꼬마 화가 지원의 작품이 있고, 곧 만화리 예술가의 목공예품을 입고할 예정이에요. 벗이나 가족에게 혹은 애쓰며 사는 자신에게 주는 선물로 구매하는 손님이 많아요.

게다가 작품이 팔렸다고 연락하면 작가는 얼마나 좋아하는지 몰라요. 수백, 수천만 원을 버는 사람들이 불과 몇만 원에 이토록 뿌듯해하는 모습이라니요. 그건 아마도 존재의 확인, 예술가로 격상되는 느낌 같은 것이겠지요. 이래저래 참 재밌고 보람 있는 코너입니다.

이웃들이 가져다 준 재료로 먹거리를 만들고 나누는 책방지기

시골 농부와 도시 손님 '맛있게' 연결하기

사방이 꽁꽁 얼어붙고 산도 들도 추위에 지쳐 간절히 봄이 기다려질 때 바이허니 손님들이 손꼽아 기다리는 게 있지요. 경북 성주의 연리지 딸기.

대형마트 매대에 딸기가 존재감을 뽐기 시작해도 연리지 딸기는 좀 더 기다려야 해요. 별도의 가온 시설 없이, 비닐하우스로 바람을 막고 땅에서 올라오는 지열의 힘으로만 키워내는 딸기라 성장이 더디거든요. 매서운 추위 속에서, 경상도 사투리로 '뽀도시' 자라난 연리시 딸기라 과육이 단단하고 향이 응축되어 있어 한 입 베어 물면 아찔하게 맛나지요.

그래서 자주 먹고 싶다고들 하고요. 하지만 쉽지 않아요. 딸기를 보살피느라 울산까지 들고 오기 힘들 때가 많거든요. 그럴 땐 바이허니 손님들이 직접 성주 연리지 농장으로 딸기를 가지러 가기도 합니다. 본인이 필요한 딸기는 고작 한 통이면서 전체 주문 개수만큼 자동차에 그득 실어 오지요. 운송료는 어떻게 받냐고요? 글쎄요……. 상품 가치 떨어진 허드레 딸기 한 통쯤 받으셨을까요?

소 아저씨는 블루베리를 키우고 있어요. 소방관 이후의 인생 2모작 꿈인 블루베리 농원을 준비하고 계신 거죠. 얼마나 부지런히 정성을 쏟는지, 손수 삽목으로 길러낸 블루베리 나무가 밭에 그득한데요. 햇살이 퍼지는 봄날이면 종 모양의 작고 하얀 블루베리꽃들이 조롱조롱 피어나지요.

이맘때 저는 소 아저씨네 블루베리 화분을 바이허니 입구에 주르륵 세워 둔답니다. 앙증맞고 귀한 꽃을 즐기시라고요. 집에서도 보고 싶다며 구매하는 손님들을 위해 가정용으로 작게 키워달라고 요청하기도 했답니다. 소 아저씨 밭에서 생명을 얻고 바이허니 마당을 지켰다가 어느 가정을 환하게 밝힐 블루베리꽃, 모두에게 좋은 선순환입니다.

여름으로 접어드는 유월 말쯤, 블루베리꽃 진 자리에 열매가 익어가요. 이때 검보랏빛 블루베리가 손님들의 발목을 또 잡아채지요. 나무에 달린 블루베리를 따 드시는 기쁨이 쏠쏠한가 봐요. 이 싱싱하고 맛있는 블루베리를 사 먹을 수 없냐고 물어들 보세요. 책방지기, 전화기를 듭니다. 소 아저씨께 전화를 거는 건 아니에요. 소 아저씨는 소방서 근무 중이라 오실 수도 없고 열매를 파는 게 업은 아니시거든요.

대신 이웃 농장에서 정성껏 키우고 있는 블루베리를 주문해 드립니다. 두동 토박이 남편과 서울 멋쟁이 아내가 정성을 다해 키워내는 블루베리는 저까지 괜히 으쓱해지는 맛과 향을 지니고 있으니까요.

바이허니는 울산과 경주의 경계인 두동면에 속해요. 원래는 경주군 외남면이었다는데 1906년에 울산시로 편입된 곳이에요. 그러니까 두동면 이웃 마을이 경주시 내남면인 거죠.

그 내남면 틈수골로 귀농해서 버섯 농사를 짓는 부부가 계셔요. 우연히 바이허니에 놀러와 버섯을 맛보여 주셨는데, 쫄깃하고 향긋한 맛이 일품이더군요. 맛보신 손님들도 한 봉지씩 사셨고요. 드신 분들이 다시 주문하니 그 이후 틈수골 버섯은 수시로 공동구매하는 품목이 되었어요.

시골에서 책방카페를 하는 재미는 또 있어요. 제가 굳이 농사를 짓지 않아도 제철에 나는 먹거리들을 때 놓치지 않고 얻어먹지요.

오늘, '바이허니' 한잔 하실래요?

봄비가 자주 내리고 텃밭 채소가 무럭무럭 자라날 때면 건넛 집 기린 씨가 상추를 한 양재기 솎아 오구요. 마늘 수확철이 되 면 동네에서 제일 부지런한 숙이 언니가 마늘 한 꾸러미를 슬그 머니 놓아두고 가지요. 여름엔 깻잎 농사 지으시는 안마을 할머 니가 상품 가치 떨어진 거라며 깻잎을 한 보따리 던져주시고요. 앞집 두부마을 아저씨는 닭장 텃밭에서 키운 튼실한 복숭아를 손수레에 실어다 부려놓고 가시네요. 안마을 이쁜 마당 주인장, '미생가' 아저씨는 산에서 주워온 밤이나 바다에서 잡아 온 생 선들을 툭, 안겨주고요. 텃밭농사 초보자 박원 선생도 상추, 고 추, 오이는 물론 우엉잎에 감자까지 부려놓습니다.

이웃마을 강 선생님 부부도 계시네요. 900여 평의 너른 정원에 서 가꾸는 갖가지 꽃을 한아름씩 가져다 주시는데 가끔은 아예 화병에 꽂아 오십니다. 일손 바쁜 저희를 위한 속깊은 배려겠지 요.

이걸 우리 부부가 다 먹을 수 있냐고요? 당연히 못 먹지요. 누 구랑 나눠 먹냐고요? 제철 채소니 제철에, 그때 그 자리에 있는 손님 누구랑도 나눠 먹지요.

이제 찬 바람이 살랑살랑 불기 시작하는군요. 곧 고구마 수확 철이랍니다. 앞집 두부마을 아저씨가 닭똥 거름으로 키운 건강 한 고구마가 나오겠지요. 달큰하게 구워지는 가을 고구마, 맛보 러 오실래요?

바이허니 활용법(중급편 1)
- 책 모임

금요시읽기 모임

앞에서 말씀드렸듯이 저는 혼자서 읽은 책 못지않게 여럿이 함께 읽은 책이 많았어요. 동료를 만나도 책이 매개가 되었고 학교를 함께 가꾸고 변화하는 힘도 책 모임에서 나왔어요. 그러니 책방카페를 궁리했을 때부터 책 모임은 우선 순위였어요.

가장 먼저 만들어진 책 모임은 '금요시읽기'입니다. 회원이 모일까 걱정이었지만 다행히 여러 분이 와 주었어요. 오랫동안 책 모임 '독·도랑 놀자' 활동을 함께 했고 퇴직 후 같은 마을에 귀촌한 허정숙 선생님이 진행을 맡아주었고요.

그녀의 부드러운 카리스마를 따르고 그리워하면서도 함께하지 못해서 안타까워한 현직 교사들이 많았어요. 저녁이나 주말에 하면 안 되냐는 요청도 해왔고요.

그러나 바이허니가 책방과 카페로 뿌리내리기 위해서는 다양한 시간대에 다양한 사람들이 올 수 있어야 했어요. 밴드 공지글을 보고 정애, 지원이 찾아왔고 저도 회원이 되어 첫 모임을 열었어요.

함께 읽을 책, 『우리 앞에 시적인 순간』(소래섭, 해냄출판사)이란 제목이 딱 들어맞는 느낌이 왔다고나 할까요? 낯설지만 따뜻했고, 내밀하지만 충분히 공감하면서 참 좋았어요.

아침 햇살을 받으며 함께 시를 읽는 금요일의 작은 행복은 서른네 번의 모임으로 1기 모임을 마쳤어요. 그동안 연이, 주희, 화영, 선희, 민경, 은희, 은정이 각자의 뭉클한 색깔을 풀어주며 소중한 감동을 전해주었지요.

대개 한 권의 시집으로 4주 정도 함께 읽었어요. 한 사람씩 자신이 고른 시를 낭송하면, 진행자가 시에 담긴 삶의 이야기로 안내했어요. 어느새 우리 이야기도 술술술 풀려나왔고요. 마무리는 같은 시를 재낭송하는데 이야기를 거친 시는 어찌나 더 풍성하고 새롭던지요.

그동안 책만 읽었을까요? 푸짐한 음식, 느닷없고 정성 어린 선물, 별빛과 함께한 영화감상 등 읽은 책 높이만큼이나 마음도 추억도 쌓였답니다.

해를 바꾸어 지금은 3기 모임이 계속 이어지고 있군요.

내키는대로 – 북테라피 – 모임

바이허니가 문을 연 2019년 봄에 가장 많이 판매된 책은 『당신이 옳다』(정혜신, 해냄, 2018)였어요. 작가처럼 '나에 대한 공감'을 남들과 함께 나누고 싶었을까요? 희영이 친구인 정임에게 모이자고 제안한 게 시작이었어요.

『당신이 옳다』처럼 공감을 나누며 마음 테라피로 발전해 가는 '북테라피'

그렇게 희영, 정임, 지영, 영자가 처음부터 자리 잡고 SNS에 올린 광고를 보고 은주, 혜진, 선영이 찾아왔어요. 상담심리학을 전공한 선후배 관계인 이들은 '내키는대로 책 모임'에서 없어서는 안 될 중심인물이 되었고요. 몇 달 뒤에 상미가 합류했어요.

한 달에 한 권, 한 번 만나는 이 모임은 심리학, 아동, 사회과학, 청소년소설, 사회, 역사 등 종횡무진으로 책을 읽습니다. 내키는 대로 고르는 것 같지만 깊은 사색으로 마음이 맑아지는 경험을 공유합니다. 그 공감대가 반영되어 '내키는대로 - 북테라피 - 모임'으로 이름이 바뀌었고요.

함께 읽을 책 선정 방식이 특이한데요. 참석한 회원이 책방으로 내려가서 마음이 머무는 책을 한 권씩 골라옵니다. 물론 미리 추천 책을 정해와도 좋고요. 이제 각자 자신이 권하는 책을 설명한 다음 손들기를 해서 정하는 거예요. 자신이 추천한 책이 뽑힐 때는 은근 뿌듯하기도 하지요.

한 달 뒤 다시 모일 때는 추천자가 먼저 이야기를 꺼냅니다. 책에서 좋았던 부분을 말하고 나면 이제 돌아가면서 밑줄 그은 부분을 읽거나 공감 가는 내용을 소개하는 것이지요. 각자의 과거와 현재가 넘나들고 가족과 동료, 이웃, 국가의 이야기가 종횡무진 흘러갑니다.

공감하는 눈빛과 몸짓이 오가고 웃음과 콧등 시림이 번갈아 찾아들기도 하면서 육아 전담자도 직장맘도 다시 살아갈 힘을 얻습니다.

꼰대 탈출, 아저씨 독서 클럽

저와 동갑내기 남자가 있었어요. 체육 교사로 지내다가 교감 자격연수를 받게 되었지요. 연수를 받던 중 '책을 읽으면 어른이 되고, 읽지 않으면 꼰대가 된다.' 라는 생각을 하게 되었답니다.

그 고민을 얘기하기에 "당연하다. 덧붙여 혼자 읽는 것만으로는 꼰대 탈피가 어려울 것이다."라고 겁(?)을 줬답니다. 저 역시 나이에 따라 상승하는 꼰대 지수에 두려움을 느끼고 있었거든요. 그래서 만들어진 모임이 '아저씨 독서 클럽'입니다.

꼰대 되는 시간을 늦추기라도 하고픈 남자들의 이야기 모임 '꼰대 탈출 모임'

꼰대가 되는 시간을 늦춰보자는 우선의 하소연이 먹혀들어 수헌, 원, 광률, 영욱이 모였어요. 지금은 호식, 용완이 합류했고요. 남자들의 책모임이 드문 현실을 생각하면 시작부터 경이로운 일이었지요.

참관해 보니 아저씨들은 내용이 많이 다르더군요. 범우주적인 역사의 흐름, 인간의 본질 등을 오가는데 저는 어질어질하더군요. 같은 인간이기에 공감 가는 이야기도 좋았지만 여기, 지금을 살아가는 남성들의 현실과 고민을 듣는 것도 새롭더라고요.

30년을 함께 살아도 알 수 없었던 남편의 말과 행동을 비로소 이해하는 성과(?)도 있었답니다.

마음이 향하는 독서 모임

바이허니를 움직이는 힘 중의 하나가 '밴드'입니다. 교사를 그만 둔 후 책방을 열기전, 저는 '언니네 제철밥상'을 차려냈어요. 학교와 집을 바쁘게 오가며 고군분투하는 후배 교사들을 위해 일주일에 한번 반찬을 만들어 팔았던 거죠.

처음엔 문희의 부탁으로 두세 가지 준비해 주었는데 그 소식을 들은 후배들이 줄을 서는 거예요. 그래서 시작했지요. 학교 일에 지쳐 퇴근하면 옷 벗을 사이도 없이 주방으로 출근하는 직장맘의 고됨을 덜어준다면 그 또한 보람 있는 일 아닐까 해서요.

재미도 있었어요. 조리기구나 시간의 한계로 하루 10세트 정

도만 예상하여, 밴드를 통해 메뉴를 공지하고 댓글 순서로 판매 완료했지요. 메인 요리 하나에 곁들이 반찬 두 종류를 챙기니 그대로 식탁 위에 올리면 4인 가족의 너끈한 한 끼가 되었어요.

맛있다, 잘 먹었다는 댓글들이 달리고 아는 사람들 사이로 밴드 초대가 이어지며 밴친이 점점 늘어났어요. 시간이 흐르며 건축 과정까지 중계되었고, 책방카페 이름도 공모하였어요. 개업 즈음엔 밴드 이름도 바뀌게 되었답니다.

책모임마다 후기를 밴드에 남겨요. 그 글은 참석했던 분들에게는 감성과 지성, 공감의 확인이 되고 여러 밴친에게는 상상과 호기심의 원천이 되더라고요. 유독 마음이 가는 모임에는 합류하기도 하고요.

책모임은 대개 그렇게 흘러가는데 '마음이 향하는 독서 모임'

은 좀 특이하게 출발했어요. 모임 구성이 바이허니 안에서 이루
어진 게 아니라 아예 팀을 짜서 들어온 거지요.

미영이 여행스케치 수업을 함께 하던 옥금, 금자, 아라, 유미
와 타로 공부를 함께 하던 영아에게도 책 모임을 제안했어요.

어찌나 반갑던지요. 책 선정과 진행 방법 포인트 몇 가지만 짚
어주니 이야기가 저절로 흐르더라고요. 이들이 남긴 후기를 보
고 마을공동체 일꾼 정민과 카페 손님이었던 현정, 태희, 춘희가
합류하여 빛깔이 더욱 다채로워졌어요.

각자의 영역에서 다른 삶을 일구어온 사람들이 인생 선후배로
새롭게 만나 서로의 이야기에 귀를 기울이는 모습이 참 보기 좋
아요.

바이허니 활용법(중급편 2)
- 나눔과 보탬

나도 북큐레이터

하루는 경춘이 새벽에 문자메시지를 보내왔어요. 김연수의 『시절일기』 출간을 손님들에게 알려주라고요. 굿 아이디어! 밴드에 홍보 글을 올렸고, 김연수 작가를 좋아하는 분들은 예약 주문을 하고서 며칠을 설레며 지냈답니다.

그때 다시 알았어요. 바이허니는 모두가 함께 만들어 가는 곳이었더라고요. 바이허니 서가도 함께 만들어 가면 참 좋겠다 싶었고요.

'# 나도 북큐레이터' 코너는 그렇게 시작되었습니다. 우리가 사는 세상을 한 뼘 더 행복하게 해주는 책을 밴드를 통해 올려달라고요.

나중에 검색하기 좋도록 '# 나도 북큐레이터'를 머리글로 달아달라는 부탁도 했습니다. 소개한 책이 10권 이상 주문이 들어오면 그 책이나 그 책의 금액에 상응하는 다른 책을 선물하겠다는 약속도 드렸어요.

최병한 선생님이 첫 북큐레이터로 글을 올려주셨어요. 교단에서 30년 헌신하시다가 경주로 삶의 터전을 옮겨 '카페바흐'를 운영하시는 분이에요. 그분의 평생 친구인 음악 나눔 실천을 보며 저 또한 평생 친구인 책 나눔 공간을 일굴 수 있었으니 저의 롤모델이기도 하지요.

함께 만들어 가는 #나도 북큐레이터

큐레이팅한 책은 『밥 하는 시간』(김혜련, 서울셀렉션, 2019)이었는데 추천 글은 물론 앞뒤 표지와 차례까지 세심하게 올려주었어요.

다음은 라경이 『우리 몸이 세계라면』(김승섭, 동아시아, 2018)을, 혜숙이 『알지 못하는 아이의 죽음』(은유, 돌베개, 2019)을 그들의 언어로 큐레이팅했어요. 바이허니에 들일 책을 고르고 주문하고 정리했던 라경의 안목이고, 오랜 세월 아이들과 독서 동아리 '풍경'을 운영해 왔던 혜숙의 선택이었으니 탁월했지요.

바통을 이어받는 릴레이 선수처럼, 은정, 미진, 수엽, 선미, 주희, 진혜, 혜경, 희영……. 벗들이 자신이 발굴한 책의 정보와 감상을 조목조목 올려주고 다른 분들은 댓글로 답하고 있으니 저는 이 선한 영향력과 번짐에 그저 고개만 주억거렸지요.

학교에 근무할 때 늘 뿌듯했던 일이 작가초청 강연이었어요. 수업 시간에 읽고 토론했던 문학책이나 시대를 진단하고 실천 메시지를 전달하는 인문학책 작가를 직접 만난다는 건 아이들에게 또 다른 경험세계이니까요. 동네책방을 구상하면서부터 책모임과 함께 지속해서 추진하고 싶은 일이기도 했어요.

첫 북토크의 주제는 '곁을 만드는 시간'이었어요. 사람들의 '곁'이 되고 싶은 바이허니의 마음을 콕 집어준 듯하여 멋지더군요. 그동안 손님들은 댓글로 참석 희망을 달고 대상 도서인 『고통은 나눌 수 있는가』(엄기호, 나무연필, 2018)를 구매하여 읽었습니다. 그리고 2019년 2월 27일, "믿고 읽고, 믿고 보는" 엄기호 작가가 달려와 주셨어요.

두 번째 북토크는 제가 강력하게 추천했어요. 지루한 강의, 의미 없는 강의는 못 참는 제가 매월 1회씩, 2년에 걸쳐 들었던 클래식 강의를 손님들과 꼭 나누고 싶었거든요. 그동안 안면도 터 놓았고, 강의 내용을 모은 책도 출판되었으니 더할 나위 없었어요.

『베토벤의 커피』(조희창, 살림, 2018)는 커피와 클래식 작곡가를 연결한 인문학적 에세이로, 책을 읽으며 해당 음악을 들어볼 수 있도록 QR코드도 부착된 책이에요. 강의 집중도를 위해 댓글 순서로 40명으로 한정했는데 금방 마감되더군요. 강의는 어땠냐고요? 5월 봄밤을 재밌고 황홀하게 포박당했지요. 저도 아이디어를 얻었답니다. 책에서 다루어진 커피 원두 10종을 드립백으로 만들어 기획 상품으로 내놓았어요. 예가체프를 마시며 바흐의 〈플루트 소나타〉를, 브라질 옐로 버번을 마시며 비발디의 〈사계〉를 읽고 들을 수 있도록요. 손님들도 엄청 호응해 주더군요.

세 번째는 출판 기획자인 동시에 『나는 지방대 시간강사다』, 『대리사회』, 『훈의 시대』의 저자이기도 한 김민섭 작가와 폭신폭신, 몽글몽글, 선물 같은 시간도 보냈어요. 김민섭 찾기 프로젝트와 노동자 김동식이 저자가 된 이야기도 좋았지만 "노동으로 버티는 몸에는 글이 쌓인다, 나를 닮은 사람에게 화를 내지 말자, 사회는 거대한 타인의 운전석이다." 같은 말도 오래 기억에 남더군요.

북토크를 즐기는 표정들

'금요시읽기'에서 함께 읽었던 『우리 앞에 시적인 순간』의 소래섭 작가, '나도 북큐레이터'를 통해 손님들이 많이 읽은 『밥하는 시간』의 김혜련 작가가 풀어놓는 이야기도 감동적이었습니다. 여행학교 선생님인 남교용 작가의 『아이들, 길에서 행복을 배우다』(남교용, 글통, 2013) 북토크 때는 엄마와 아들이, 아빠와 딸이, 혹은 온가족이 함께 모여 학원 대신 배낭여행을 꿈꾸기도 했어요.

시간이 갈수록 저자를 초청하는 방법과 북토크의 형식도 다양해지더군요. 동네책방을 지원하는 출판사 프로그램 혜택을 받아 『미래공부』(박성원, 글항아리, 2019)의 저자와 독자가 함께하는 미래 워크숍을 열기도 했고 『여보, 나의 마누라, 나의 애인』(윤이상, 남해의봄날, 2019)은 조희창 선생님의 해설을 통해 깊은 울림의 시간을 가졌어요.

아, 『조강의 노래』 북토크도 있었네요. 이 책을 함께 쓰고 있는 K가 신작을 내자마자 바로 청했지요. 소설도 역사도 아닌, 새로운 형태의 이야기책을 선보이며 우리 지역의 역사와 문화도 우리 손으로 스토리텔링하자고 제안하는 자리였어요.

손바닥 장터

책방과 카페에 손이 익어가던 봄날, 커피 한 잔 들고 마당 테이블에 앉았어요. 자칭 타칭 바이허니 매니저인 희영과 함께요. 뇌가 말랑말랑한 우리의 조 매니저, 문득 제안했어요. 우리만 봄볕을 즐기기 아까우니 장터를 열자고요. 그 말을 듣자마자 마당 곳곳 알록달록한 물건들을 사이에 둔 사람들의 환영이 보이는 거예요.

어쩝니까? 바로 시작해야지요. 손과 손이 만나는 장터, 소중하게 간직했던 내 물건을 팔고 상대의 사연까지 건네받는 자리, 단박에 손바닥 장터라 이름 붙이고 밴드에 글을 올렸지요. 수납장 속에서 질식해 가고 있는 애장품을 볕 좋은 마당에 내놓자고요.

우선 판매자를 모집했지요. 댓글로 참가 의사와 함께 판매할 물품도 올려달라고 했어요. 예쁜 빈티지 찻잔과 핸드메이드 머리핀, 천 아트 가방, 리넨 스카프, 손수 만든 도자기와 쿠키, 비건 빵 등이 올라왔어요.

외국 생활을 오래 한 인지는 퀼트용 조각천과 바틱을 비롯한 이국적인 물건들을, 연리지 농사꾼 은학은 텃밭 채소와 참외장아찌를 가지고 온다 하고요.

주인과 물건을 연결해 상상하며, 살 항목들을 미리 정해 보며 며칠을 보냈어요. 비가 오면 어쩌나 걱정했지만 6월 30일 오후 2시! 판매자들이 가판대 앞에 늘어서서 자기 물건들을 광고합니다. 온 가족이 매달려 쿠키와 마카롱을 만들어온 초등학생은 엄마보다 수완이 좋고, 은근한 경쟁은 역할 놀이하는 연극 무대 같기도 했어요.

이쪽에선 판매자가 되었다가 저쪽에서는 손님이 되고, 책정한 가격이 너무 싸다느니 아까워서 못 판다느니 온갖 사연도 흐르더군요. 시작과 마무리 시간을 함께 지키고 판매 후 남은 물건은 되가져가자는 원칙을 미리 정해두었기에 뒤끝도 깔끔했습니다.

10월 20일 두 번째 손바닥 장터, 업그레이드가 있어야겠죠? 우선 오프닝 공연을 넣었어요. 피아노, 바이올린, 첼로 트리오에 '미용카페 섭' 사장님 협연이 아주 멋졌습니다. 반응이 좋아 어

판만 벌여놓으면, 무엇을 상상하든 그 이상을 보게 되는 '손바닥 장터'

린이 트리오는 막간공연도 가졌고요.

두 번째 업그레이드는 헌책방이었어요. 참여할 사람들에게는 새 책 같은 헌 책으로, 뒷면에 희망 가격표를 붙여서 가져오게 했어요. 홍보에서 정리, 판매까지 귀한 손을 빌려준 라경과 문희가 없었다면 추진할 수 없는 일이었지요.

세 번째 손바닥 장터에는 또 어떤 물건이 오갈까요? 어떤 사연이 넘나들까요? 벌써 가슴이 설렙니다.

달빛 극장 & 포트럭 파티

마당을 누리고 사는 기쁨과 고마움은 끝이 없어요. 특히 여름밤의 마당에서 만나는 부드러운 바람은 온종일 에어컨 냉기에 지친 몸에 평안과 위로를 주지요. 구름 사이로 흐르는 달빛 아래 개구리 울음소리를 배경음악 삼아 앉아있노라면, 이런 시간과 공간을 혼자 누려도 괜찮은지 미안한 마음마저 들더군요.

이 마당의 평안과 여유를 나누어볼까? 오밤중에 오실 분이 있을까? 잠시 망설였지만, 식구끼리 보다라도 공간은 열어두자는 마음으로 온라인밴드에 공지를 띄워봤지요. 이렇게 여름 동안 매주 토요일 저녁마다 바이허니 달빛 극장이 열리게 되었어요. 상영작은 가족이 마당에서 즐길 만한 평화로운 작품으로!

공지 이후 첫 토요일이에요. 친구끼리, 가족끼리, 이웃끼리 삼

친구, 이웃, 마당, 간식, 수다, 난로, 담요, 아이들의 웃음소리, 영화 그리고 달빛

삼오오 모여드네요. 근데요, 오시는 분마다 먹을거리를 들고 오셨어요. 고구마, 떡볶이, 과일, 도넛이 이 탁자에서 저 탁자로 건네집니다. 이쯤 되면 '포트럭 파티'라 해야겠지요?

먹거리가 오가는 바이허니 마당엔 달빛마저 풍성하게 내려앉더군요. 평소에도 외부 음식을 허용하는 바이허니지만 달빛 극장에서는 외부 음식을 더욱 환영하게 되었답니다. 그다음부터는 아예 달빛 극장&포트럭 파티로 공지했으니까요.

바이허니에서는 앞접시와 시원한 물만 준비하면 됩니다. 손님들이 들고 오신 음식들을 모두 한자리에 모아놓고 각자 조금씩 나눠 먹는 거지요. 덕분에 달빛 극장이 열리는 토요일에는 바이허니 식구들도 다채로운 저녁을 즐기게 되었어요.

먹거리로 가득했던 접시들이 비워질 무렵 마당엔 짙은 어둠이 내려앉고 스크린엔 영화가 흐르기 시작하지요. 삼삼오오 둘러앉아 영화를 감상하는 뒷모습, 영화보다 아름다운 그 뒷모습을 저는 한참이나 감상했더랬지요.

탄이와 냥이들

바이허니 마당엔 탄이가 살아요. 집 지킬 마음이라곤 눈곱만치도 없어 낯선 사람이 와도 끔벅끔벅 눈인사나 하는 검둥개예요.

어느 해 추석 전날이었어요. 남편이 카페 안을 들여다보며 '웃고 있는' 검둥개 사진을 식구들 단체대화방에 올렸어요. 저는 딸들이랑 대구 시댁에서 차례상 준비를 하고 있었어요. 뉘집 개인지 물었더니 그냥 줄 없이 풀려서 저렇게 와있다고 하더군요. 명절 무렵 시골에 버려지는 개인가 보다 생각했어요. 창 너머 웃고 있는 검둥개의 표정이 너무 해맑고 귀엽더군요. 딸들은 유기견으로 신고하면 안락사 당할 거라고 우리가 키우자고 했어요.

하지만, 우리 집 마당에는 이미 끼니때마다 들러서 밥을 먹고 가는 길냥이들이 있었어요. 바이허니 건물이 지어지고 있을 때부터 올망졸망 드나들며 빵이랑 우유를 훔쳐 먹던 아기 냥이들이었지요. 어미 잃은 아기 냥이들 같아 빵과 우유를 건축현장에 넉넉히 남겨두고 돌아오곤 했어요.

황야의 무법자처럼 카리스마 넘치게 홀로 다니는 무법이도 있었고 집에서 키우는 집냥이 - 여울이와 만두 - 도 가끔 마당에 내려와 산책하거든요. 커다란 검둥개가 마당에 있으면 길냥이들이 못 드나들 것 같아 개를 입양할 수 없다고 잘라 말했지요.

다행히 끈 풀린 검둥개는 뒷마을에 주인이 있었어요. 시내 사는 어르신이 가끔 들어와서 밥이랑 물을 줄 뿐 빈집에 개만 묶어

둔다더군요. 속절없이 묶여있을 검둥개를 생각하니 그 녀석의 해맑게 웃는 얼굴이 때때로 떠올라 안타깝기는 했어요.

어느 날 이 녀석이 또 탈출해서 동네를 떠돌아다녔고 개 주인이 들어와서 붙들어가는 걸 보게 되었어요. 짠한 마음이 들어서 개를 끌고 가는 할아버지께 여쭈었어요. 평소엔 우리집 마당에서 보살피다가 들어오시는 날에 데려가십사 하고요. 그런데 일언지하 거절당하고 말았어요. 개 버릇이 나빠진다고요.

경자년 새해를 맞이하는 첫날. 검둥개 주인이 불쑥 찾아오셨어요. 앞으로 두동에 들어올 형편이 안 돼서 이 개를 처분하려는데, 혹시 키울 의향이 있냐고 물으시더군요. 결연한 표정을 보니 머뭇거릴 시간이 없었어요. 무조건 키우겠노라고 말씀드렸지요.

마당에서 노닐고 있는 얼룩이 (온두)라스, 발라당 드러누워 광합성 중인 (만)델링이, 빨간 끈의 덩치는 집냥이 여울

따뜻한 햇살아래 앉아서 냥이들을 바라보는 탄이

이 개는 시바 - 블랙탄, 검은 털을 가진 시바견이래요. 경자년 첫날에 들어왔으니 이름을 경탄이라고 지었어요. 애칭으로는 탄이라고 부르지요. 경자년 첫날에 바이허니에 들어온 탄이.

하염없이 순둥순둥한 이 녀석을 카페 손님들도 무척이나 이뻐해 주시니 복덩이가 맞죠?

길냥이들은 어찌 되었냐고요? 무법이는 '사나이답게' 밥보다는 자유를 택해 인근 마을을 쏘다닙니다. 그래도 다치거나 굶주리는 상황이 되면 며칠씩 머무르며 몸을 추스르고 가지요.

둥이와 짱이는 마당에서 밥도 먹고 햇볕도 쬐며 겨울을 넘겼어요. 새봄이 오는 무렵, 둥이는 뒷마당 창고 선반 꼭대기에서 며칠을 누워 지내더니 자취를 감추었어요.

대신 짱이는 꾸준히 시간 맞추어 나타나지요. 사료를 주며 말을 걸면 밥을 먹으면서도 냐옹냐옹 말대답을 해줘서 한참씩이나 서로 안부를 나눕니다.

거기까지예요. 건강하게 오래 살라고 중성화 수술도 해주고 진드기약도 발라주고 싶은데, 길냥이답게 더 다가서는 것은 허용하지 않아요. 길냥이로서 터득한 삶의 지혜일 터이니 바라볼 밖에요.

바이허니 활용법(중급편 3)
- 배움과 가르침

바이허니 커피 교실

인생 참 묘해요. 결혼할 때만 하더라도 저는 평생 가르치고 남편은 내내 회사원으로 살 줄 알았거든요. 그런데 지난 2년 동안 저는 책방과 카페를 오가고, 남편은 커피 교실의 선생님으로 활동하는 시간이 많았어요.

울산의 여러 학교에서 교사나 학생을 대상으로 강의 요청이 있더니 아예 학기 단위로 방과 후 수업도 맡아달라고 하네요. 그래도 가장 마음을 쏟는 수업은 우리 공간에서 이루어지는 커피 교실입니다.

커피와 인문학이 만나는 '바이허니 커피교실'

제가 책의 힘을 믿는 만큼 남편은 커피의 힘을 믿어요. 커피는 단순한 마실거리가 아니라 사람과 사람을 잇고 사유를 깊게 하는 도구임을 알고 있으니까요. 그래서 '바이허니 커피교실'은 커피와 인문학이 만납니다.

커피의 발견에서부터 전파를 역사적 관점에서 다루기도 하고 커피 생산지별 특징이나 품종, 가공방식은 과학과 지리가 융합되기도 합니다. 다양한 추출 방식을 시연하고 핸드드립 중심으로 매 시간 실습하고 돌아가며 평가하고 감상하는 시간도 가져요.

실습이 중요한 만큼 수강생은 4명으로 한정하고 있는데 90분 수업, 8주 교육을 마치고 나면 수강생들끼리 친해져 있는 부대효과도 있더군요.

많은 분들이 다녀갔지만 4, 50대 남자로만 구성되었던 팀이 기억에 남아요. 아내의 권유로 참여했던 '젠틀맨 클래스'인데 중후한 남자들이 내리는 커피는 색다른 느낌이 있더군요.

'젠틀맨 클래스'의 중후한 매력

남편의 커피 수업에 매번 함께 오는 아내들의 모습도 보기 좋았어요. 저는 젠틀맨 수강생들이 가정에서 커피를 내리는 장면을 상상해 보고요. 손님이 오면 술상부터 내놓던 부모 세대를 생각하면 가족문화도 훨씬 '젠틀하게' 바뀌고 있어요.

좋은 현상이지요. 허니 님이 커피 수업을 더 잘하려고 애쓰는 이유이기도 하고요.

장 담그기 교실

책방에서 장 담그기 교실도 하냐고요? 인연이 닿았으니까요. '한살림'에서 오랫동안 건강한 장을 가르쳐온 점순-대점금 선생이 내 친구니까요. 바이허니는 무엇이든 할 수 있는 복합문화공간이기도 하고요.

봄볕, 장 담그기 좋은 날

장 담그기로 이리저리 불려 다니는 점순에게 졸랐어요. 바이허니 오픈 기념으로 교실을 열어달라고요. 제 또래 일하는 여성들에게 장 담그기는 난제 중의 난제거든요.

마트에서 사 먹는 건 생각하기도 싫은데, 친정에서 얻어먹기에는 민망한 나이가 돼버렸고, 그렇다고 손수 담그기엔 도무지 엄두가 안 나니까요. 혼자서 못 할 땐 여럿이 해보는 거지요.

바이허니 뒤뜰에서 함께 담그고, 바이허니의 바람과 햇살로 함께 맛을 들이고, 가을에 한 통씩 나눠 가는 겁니다.

점순-대점금 선생이 허락했고 함께할 친구가 열 명 모였으니, 한 해 동안 진행될 장 담그기 교실이 시작되었어요. 3월 첫 수업엔 메주를 씻어서 소금물에 담갔어요.

메주를 씻어서 말리는 동안, 몇 종류의 소금과 간장을 비교하며 맛보았지요. 역시 간장은 오래 묵힐수록 맛나더군요. 특히, 십 년 묵힌 간장은 그 자체가 맛간장이더군요.

메주를 씻고 말리는 일이 손에 익지 않은 초보들이고 수강생서로는 처음 만나는 사이였지만, 장을 담그는 뿌듯한 마음에 어찌나 흥겹게들 일손을 보태는지요. 대점금 선생이 끓여온 된장에 각자가 하나씩 담아온 밑반찬을 스윽슥 섞은 한솥밥은 참석자들을 바로 식구로 만들었지요.

장 담그기 교실은 한 번으로 끝나는 것이 아니에요. 한 달에 한 번씩 모여서 장으로 만드는 전통 밑반찬도 배우고 나누어 들고 가지요.

4월엔 묵나물 교실, 묵나물은 말린 나물을 불려서 간장으로 무친 다음 들기름에 볶아낸 나물 반찬이에요. 바이허니 장 교실에선 말린 뽕나무 잎으로 묵나물을 만들었어요. 뽕잎의 거친 잎맥을 하나하나 훑어내 보니 요리는 정성이라는 말이 실감 나더군요.

5월엔 장 가르기, 소금물에 메주 맛이 얼추 뱄을 때 된장과 간장으로 나눠 담고 각각의 맛으로 익어가기를 기다리는 겁니다.

메주와 소금물이 담긴 무거운 장독을 탁자 위에 올리고, 간장물을 호스로 빨아내어 탁자 아래의 빈 독으로 옮기는, 그 어렵고도 살짝 우스꽝스러운 작업은 문희 신랑 김 선생이 영문도 모른채 맡아줬어요. 현장에 있는 누구라도 일손을 보태게 만드는 바이허니의 뻔뻔함, 그게 공동체 정신이라고 우겨봅니다.

장 선생의 한옥 마당에 둘러앉아 열무 물김치 담그기

6월엔 물김치 담그기를 배웠어요. 이번엔 바이허니 마당이 아니었어요. 여름 특집으로 장 선생의 한옥 마당에 둘러앉아 열무를 다듬고 양념 물을 만들어 물김치를 담갔어요.

열무김치에 강된장이 빠지면 섭섭하지요. 진하게 우려낸 채수에 감자와 양파를 곱게 다져서 듬뿍 넣고 빡빡하게 끓여내는 강된장, 마당에 둘러앉아 열무 비빔밥으로 점심을 먹고 한 통씩 싸서 집으로 돌아오는데 어찌나 뿌듯하던지요.

7월, 8월은 뙤약볕 아래 장이 가만가만 익어가길 기다리며 쉬어갔어요. 사람이든 간장이든 성숙을 위해서는 시간이 쌓여야 하나 봐요.

9월엔 막장 담그기. 덩어리 메주가 아니라 가루로 담그기 때문에 숙성이 빨리 되어요. 열흘 정도만 기다리면 막 먹을 수 있어서 막장이지요.

고추장, 마늘, 참기름을 양념하면 쌈장이 되고요. 거기다가 깨나 땅콩을 갈아서 섞으면 더더더 맛나는 쌈장이 된다고 대점금이 알려주네요.

10월. 하늘은 맑고 바람은 선선, 곶감은 꾸덕꾸덕, 가을이 왔어요. 드디어 장독 뚜껑을 열었어요. 다소곳이 담겨있는 된장의 고운 자태에 모두 환호성을 올렸지요. 간장도 맛보았어요. 달착

지근 깔끔한 맛, 내 손이 보태진 장을 보니 얼마나 뿌듯하던지요. 이 맛에 장 담그는 것 아니겠어요?

된장과 간장을 나누어 담는 것으로 장 교실 졸업식을 했어요. 졸업 여행은 바이허니 둘레길 걷기. 햇살 좋은 들길을 따라서 희희낙락 걸었어요.

연못가에 홀로 선 미루나무가 쉬어가라고 손짓하네요. 미루나무가 서 있는 연못의 데크 위에 둘러앉으니 세상 근심이 다 별거 아니네요. 등 따시고 배부른 하루, 장 교실의 넉넉한 졸업식이었답니다.

바이허니 둘레길

타로 상담 교실

가끔 영화관 나들이를 갈 때면 길가에 작은 천막을 치고 타로점을 봐주는 곳이 있더군요. 길게 늘어 선 줄을 볼 때마다 타로는 젊은 청춘들이 연애운을 점치는 심심풀이 놀이라고 생각했어요. 그런데 그게 아니더군요.

바이허니에 새로 깃들게 된 '마음이 향하는 독서모임'의 영아는 타로를 통한 치유 상담을 공부한다고 자신을 소개했어요. 다들 호기심으로 솔깃해하며 번외 모임으로 타로 상담을 해보기로 했지요. 반쯤은 장난으로 말이에요.

마음을 읽어주는 타로 상담, '타로 상담자 과정' 수업

그런데 타로 카드로 자신의 내면을 들여다본 사람들이 진지해졌어요. 타로 상담은 미신도 아니고, 심심풀이 오락도 아니고 '내 마음 깊은 곳을 열게 하는' 인문학적 열쇠라는 걸 인정하게 되었어요. 우선 저부터 말입니다.

그 후 점집이나 철학관을 찾아가기엔 합리적 교육에 길들어왔고, 심리상담소를 찾기엔 삶이 너무 무겁게 느껴져서 망설이는 바이허니 손님들께 타로 상담을 소개했어요.

첫 번째로 상담받은 분이 빨개진 눈으로 말하더군요. 상담실 탁자 위에 휴지가 필요하다고요. 불현듯 마주친 자신의 모습에 눈물을 주체할 수 없었다더군요.

또 다른 손님은 50분의 상담 시간이 너무 부족했다고, 자기 이야기가 이렇게 줄줄이 나올 줄은 몰랐다 하더군요. 어떤 이는 별도의 시간을 만들어서 제한 시간 없이 2차 상담을 받기도 했어요.

욕심 아닌 욕심도 생기더라고요. 타로 상담을 받았던 사람들이 이번에는 스스로 카드를 해석하고 싶어졌어요. 역시 저부터요. 카드의 상징을 배우고 싶어서 타로 강좌 개설을 부탁드렸습니다. 수강생을 모았고요.

어느새 12회의 타로 기초반 수업이 끝났습니다. 강의를 함께 들은 회원들은 앞으로도 쭈욱 타로 공부를 함께 해나가기로 했어요. 바이허니 독서모임의 회원으로 참여한 분이 바이허니의 또 다른 강좌를 개설하는 것. 그러고 보니 옥금도 '마음이 향하는 독서모임' 회원으로 참여했다가 스케치 수업 강좌를 개설하였네요. 배우는 사람과 가르치는 사람이 분리되지 않고 서로가 서로에게 가르치고 배우는 곳, 꿈꾸던 모습이 이리도 빨리 우리 앞에 펼쳐지고 있군요. 공간과 사람이 만나는 놀라운 힘을 오늘도 봅니다.

여행스케치 교실

여행길 골목길에서, 카페 한 귀퉁이에서, 마을이 내려다보이는 언덕길에서 작은 스케치북에 스윽슥 그려내는 풍경 한 자락, 멋지지요. 아무나 할 수 있을까요?

일단 해볼 수는 있겠지요. 해보자고 살살 꼬드기는 친구들이 있습니다. 그렇다면, 시도해 봅니다. 가르쳐 줄 선생님을 모셔오고 함께 그릴 수강생도 모집합니다. 온라인밴드를 통해서요.

그런 소망을 지닌 친구들이 많았군요. 평일반 인원이 금방 마감되었어요. 주말반을 개설해 달라는 댓글이 주르륵 달리네요. 그 아우성에 개설하니 주말반도 금방 마감이 되었어요.

금요반에는 연한 새순 같은 맏언니 재경, 일상에서는 쿨한 옆집 언니지만 그림 그릴 땐 세상 진지한 선희, 우아해 보이지만 알고 보면 허당 정옥, 솔직담백 씩씩한 정민, 마주 앉아 토닥대는 라경과 진향이 함께합니다. 스케치반 만들어 달라고 오래도록 압력을 넣었던 선희, 정옥이 있는 반이라 그럴까요? 배움에 열심들입니다. 진지한 만큼 그림 솜씨도 쑥쑥 성장하고 있습니다.

토요반도 볼까요? 누구에게든 마음의 곁불을 내어주는 미옥, 뭣이든 웃음으로 승화시키는 희영, 하는 일이 넘 많아서 수시로 결석하면서도 절대 자르지 말라고 떼쓰는 정숙과 하는 일이 더 많아서 당분간은 쉬고 있는 난영, 마스크 위 눈빛이 빛나는 문희, 토요반의 청일점이자 에이스인 광원, 늦게 합류했지만 배움의 속도가 빠른 진혜, 대기표 들고 오래 기다렸던 부애가 있습니다.

다양한 위치에서 바라보는 여행 스케치

토요반은 시끌시끌합니다. 서로의 그림을 넘겨다보며 놀리고 제 그림을 자랑질 해대느라 바쁩니다. 그러다 문득, 조용…하다 싶으면 각자 제 그림에 코를 박고 있습니다. 시간 가는 줄 모릅니다. 마음에 드는 풍경이 드러날 때까지 그리고 지우기를 반복합니다.

시간이 쌓이는 만큼 그림도 쌓여갑니다. 책방의 서가, 마당 수국, 교회의 첨탑, 논둑길 미루나무 등이 모여갑니다. 연필로도 그리고, 펜으로도 그리고, 색연필로도 칠하고, 물감으로도 칠해 봅니다.

신기하게도 같은 풍경을 그리지만 모두 다릅니다. 선이 다르고, 면이 다르고, 시선의 높이도 다릅니다. 그림을 보면 그 풍경에서 무엇을 더 드러내고자 하는지 작가(?)의 의도가 어렴풋이 느껴집니다. 한 장의 그림을 그린다는 건 하루의 자신을 드러내는 것이기도 하나 봅니다.

이 귀한 시간, 이 귀한 장면들을 허투루 보낼 수 있나요. 삐뚤삐뚤하고 기우뚱하기도 하지만 조금씩 나아가는 그림들! 그 귀한 성장의 기록을 자랑하고 싶어집니다.

그렇죠. 우리에겐 바이허니 갤러리가 있잖아요. 차곡차곡 모은 여행 스케치로 전시회를 열었습니다.

무엇이든 원데이클래스

바이허니는 복합문화공간을 지향합니다. 공간이 넓지도 않고 유명 강사를 모셔올 역량도 안되지만, 우리 중에서 남다른 재주를 가진 이가 선생이 되고 그 재주를 배우고 싶은 이는 수강생이 되지요.

그래서일까요? 바이허니에 오시는 손님이 어떤 재주가 있는지, 어떤 것을 배우고 싶어 하는지 늘 살펴보게 됩니다.

여고 동창생 애자에게는 오래된 고향 친구 임홍이 있습니다. 오랜만에 만나서 서로 친구의 안부를 묻다가 임홍이 니트디자이너로 활동한다는 소식을 들었어요.

온라인에 올라온 그녀의 작품을 구경하니 예사롭지 않습니다. 그녀는 옷보다 실부터 디자인한다고 하더군요. 바로 추진했어요. 그녀가 고르고 조합한 실로 니트 교실을 열기로요.

가을 햇살이 스며드는 바이허니 별채에서 간간이 들리는 웃음소리, 바삐 움직이는 손. 알록달록 조합된 실로 어떤 이는 목도리를, 어떤 이는 모자를, 어떤 이는 손가방을 들고 나오더군요. 어떤 이는 자신을 위해, 어떤 이는 어머니를 위해, 또 어떤 이는 친구를 위해 만들었겠지요.

봄이면 바이허니 현관 앞에는 화려한 꽃 잔치가 열립니다. 척과리에서 정원을 가꾸는 강 선생님이 수시로 봄꽃을 한 아름씩 가져다주시는 덕분이지요. 장독에 한 무더기 꽂아만 두어도 바

니트디자이너 임홍의 뜨개질 수업

이허니가 얼마나 환해지는지요.

그런데, 어느 날 연이가 뒷마당에서 통나무 몇 개와 바구니를 주섬주섬 주워 나오더니 멋진 꽃동산을 만들어내더군요. 30년 일하고 퇴직했다는 연이에게 이런 재주가? 알고 보니 공무원이면서 꽃꽂이 사범으로도 활동한 재주꾼이었어요. 그 재주를 딸인 지원이가 물려받았나 봐요. 지원이가 꽃꽂이 전문가 과정을 배우고 있더라니까요.

하루는 연이가 지원이에게 기회를 주고 싶다고 하더군요. 재능 기부냐고 하니, 기부는 많이 가진 사람이 하는 거라며 손사래를 치네요. 지원이는 이제 막 사회에 첫발을 떼는 젊은이니 바이허니에서 기회를 주면 좋겠다고 합니다.

가르쳐 볼 기회, 바이허니에서 만나는 사람들이라면 첫 수업의 실수도 배움의 발판이 될 수 있겠다고요. 가르치는 것도 배우고 익혀야 잘할 수 있는 것 아니냐고요. 그래서 가르치는 사람이 더 조심스러워하고 배우는 사람들이 응원과 격려를 하는, 조금은 생소한 수업이 진행되었어요.

연이는 재료로 쓰일 꽃을 지원에게 안겨 보내고 정작 자신은 나타나지도 않더군요. 더 이상의 관여는 할 수도, 해서도 안 되는 거라고 선을 그어버리더군요. 지원은 특별한 도구가 없이도 할 수 있는 '핸드타이드 꽃다발' 수업을 진행했어요.

길섶에 핀 야생화 몇 가지만으로도 쉽게 만들 수 있는 '내추럴 핸드타이드', 물병이든 음료수병이든 어디라도 꽂아두면 된다더군요. 중요한 것은 꽃 한 송이로도 일상을 밝힐 줄 아는 삶의 태도라고요. 연이 딸 지원, 실기 수업뿐 아니라 태도와 전달력도 타고난 선생이더군요.

준비해 온 재료도 워낙 많아서 일반 손님들도 꽃다발을 한 묶음씩 안고 가셨지요. 뜻밖의 꽃 선물에 너무 기뻤다는 감사 인사는 제가 두고두고 듣고 있어요.

바이허니는 어떤 강좌가 개설될지 계획되어 있지 않습니다. 하지만 남다른 재주를 지닌 분을 만나게 되면, 혹은 배우고 싶은 걸 알려주면 또 하나의 강좌가 만들어질 겁니다. 얼마 전에는 '앙금플라워 떡케이크'를 만드는 분이 다녀가셨어요. 동그란 백설기 위에 팥 앙금으로 꽃을 만들어 얹는 케이크더군요. 연말쯤

감사의 떡케이크 강좌를 개설해 보자고 제안했어요.

아무것도 정해져 있지는 않지만 무엇이든 배우고 가르칠 수 있는 바이허니 클래스! 앞으로도 재주꾼을 발견하고, 연결하고, 모으겠습니다. 원데이 클래스는 무심히(?) 흐르는 바이허니의 일상에 예쁘게 빛나는 즐거움이니까요.

바이허니 활용법(확장편)
- 유서 깊은 마을에 스며들기

터무니 잇는 마을

책방카페 바이허니는 울산과 경주가 맞닿아 있는 시골, 두동면에 있어요. 울산 도심으로부터 멀리 떨어져 있고 인구 또한 울주군에서 가장 적어요.

그런데 요 몇 년 사이에 주민이 많이 늘었답니다. 젊은 부부들이 쏙쏙 이주해 오고 있거든요. 이곳 두동초등학교가 아주 괜찮은 학교로 입소문 났기 때문에요. 인근 초등학교를 통폐합하면서 교사가 새로 지어지고 지자체의 지원도 넉넉해서 교육프로그램이 아주 훌륭하다는군요.

자연 속에서 아이를 키우고 싶은 젊은 사람들과 그 아이들로 마을 분위기도 젊고 활기차졌어요. 두동초등학교가 번듯해지니 지역 안의 두광중학교도 더불어 자리를 잡더라고요. 공동체 교육 분위기도 고스란히 이어지고요. 두 학교를 중심으로 학부모 연대도 만들어졌어요. 거기다가 이 지역주민인 교사들이 두동초와 두광중으로 전입해 오니 교육의 3주체가 한 마을에 모여 살게 되네요.

때마침 학교와 연계하는 마을 교육에 관한 관심도 높아지니 교사-학부모-지역주민이 함께하는 모임도 생겼어요.

혁신학교에 관심이 많은 교사, 마을 방과 후 활동을 하는 학부모, 이주민 자녀와 함께하는 토요프로그램을 운영하는 어머니,

미취학 어린이를 키우면서 건강한 생태 마을을 꿈꾸는 젊은 부부, 이웃끼리 더불어 사는 마을을 설계하려는 건축가 부부, 그리고 동네책방을 운영하는 우리 부부까지, 제각각 알록달록한 색깔을 가진 사람들이 모였어요.

'터무늬'를 이어가는 마을 사람들

모임의 이름은 '터무늬 잇는 마을'. 주로 '터무니없다'라는 표현으로 쓰이는 터무니는 '터를 잡은 자취'를 의미한다고 해요. 우리 마을 사람들은 각자가 살아가는 공간이나 살아가는 방식에 따라 서로 다른 터무늬를 새겨왔으니 그 다름을 존중하자는 취지를 살리고 싶었어요.

그러니까 '서로 다른 사람들이 이어져서 좋은 마을을 만들어 가자'는 지향점을 이름에 담은 거죠.

우리는 이 마을에서 오래오래 살고 싶어요. 우리뿐 아니라 우리의 자식들도 연어처럼 돌아와서 이곳을 삶의 터전으로 삼을 수 있는 자급자족 마을로 가꾸고 싶어요.

그 일을 위해 우선 롤모델을 찾아 함께 공부해 보기로 했어요. 역시 책으로 시작했답니다. 관련 책을 찾아 읽으며 우리에게 적합한 방식을 탐색해가고 있어요.

『이토록 멋진 마을』, 『마을을 상상하는 20가지 방법』, 『학교협동조합 함께 만들기』 등을 함께 읽었네요. 책방카페를 시작할 때도 그랬지만, 세상엔 앞장서서 일구는 분들이 참 많아요. 그 지혜는 책으로 퍼뜨려지는 거고요.

책으로 안내를 받았으니 이제 우리에게 필요하고 잘할 수 있는 일을 실천하려고요. 우선 학교협동조합을 만들어 보려고 해요. 마을 안에서 일할 사람을 찾아내고, 마을 안에서 필요한 일거리를 찾아내어 학교와 연결하는 일을 하려는 거예요.

그 일을 통해 마을 사람들이 연대하고 온 마을이 나서서 아이들을 키우고 싶어요. 그러다 보면 우리 마을 아이가 마을에서 나는 유기농 달걀 넣은 빵을 굽고, 저는 그 빵을 우리 커피와 함께 내놓게 되겠지요.

은학의 마을, 성주에서 온 딸기청과 함께 이웃에도 돌리고요. 청년 농부는 자신이 생산한 먹거리를 봄가을 손바닥 장터에서 팔아 그 돈으로 책을 사갈 것이고요. 꿈꾸어 볼 만한 일이지요?

지역의 역사문화 이야기 창작

하루는 마을 사람이자 두동초등학교 교사인 상열이 왔어요. K가 쓴 『조강의 노래』 감상을 말하며 우리 지역 이야기도 책으로 펴내면 좋겠다고 하는 거예요.

지역의 역사와 문화를 가르쳐야 하는데 마땅한 학습 자료가 없다는 한탄과 함께 말이에요. 며칠 뒤 K와 커피를 마시다가 상열의 말이 떠올랐어요. 당장 전화했지요.

"『조강의 노래』 작가가 지금 바이허니에 왔어요. 만나볼래요?"

이현호 선생님께 배우는 두동 역사

두동 이야기책 '두동 스토리텔링' 편집회의

제 특기가 사람 엮는 거잖아요. 곧 운동복에 슬리퍼 차림으로 상열이 왔어요. 이웃지기이면서 두광중학교 교사인 성우와 함께요.

이름 정도만 알던 세 사람은 울산의 역사문화를 공부하고 알려야 한다는 점에서 금방 의기투합하더군요. 상열이 두동초등학교 고학년 학생들이 읽을 만한 책을 만들고 싶다고 했고 K는 자신의 경험을 나누겠다네요.

두어 번의 회의가 더 오가면서 초등 고학년 교재로 삼을 만한 이야기책을 쓰기로 했어요. 혼자가 아니라 여럿이 모여서 말이에요.

발 빠른 성우가 교육청에서 주관하는 '학교와 마을을 이어주는 마을씨앗동아리' 사업에 응모해 예산도 확보했고요. '터무니 잇는 마을'에서 만난 정민, 영두, 춘봉, 진희, 지나, 윤미가 모였어요.

이번엔 책이 아니라 강연으로 시작했답니다. 우선 우리가 살고 있는 두동을 알아야 했으니까요. 지역사 공부를 오래 해온 이현호 역사선생님, 신형석 대곡박물관장님, 배성동 영남알프스학교장을 모시고 두동의 역사, 문화유적, 종교, 인물 이야기를 넘나들었습니다.

두동에 있는 대곡박물관과 대곡천을 답사하기도 했고요. 그 과정이 얼마나 재미있었는지 모릅니다. 제가 살고 있는 이곳, 알면 알수록 사랑스럽고 자랑스러운 곳이더라고요.

공부하여 알았으니 이야기 창작으로 들어가야겠지요. 우선 K의 안내에 따라 쓸 만한 제재를 정리해 봤습니다. 대상 독자를 염두에 두면서 각종 사이트를 열람하고 영상과 구술 자료도 공유했어요. 그 과정에서 각자 가장 마음에 드는 제재를 하나씩 택했고요.

이제 쓰는 과정이 남았는데 다들 마음이 무겁습니다. 저도 그렇지만 창작 경험이 없고 글쓰기가 두렵기만 하니까요. 주춤거리는 우리에게 K는 그래서 함께하는 거라며 걱정하지 말라고 하네요. 글쓰기는 재능이 아니라 엉덩이 싸움이라고 덧붙이면서요.

저 말 믿어도 될까요? 잘할 수 있을까요? 어쨌든 새로운 영역 도전, 가슴 설레는 일입니다.

친구들,
그들의 꿈도 여기·함께

Thanks to_
책세권으로 이끈 사람들 1

문희네, 무늬들

저와 '무늬들(상숙, 인지, 문희, 경춘, 성, 썬)'은 울산중앙고에서 함께 근무했어요. 그때 저는 서른아홉 살, 무늬들은 저보다 어렸어요.

제가 지나온 이십 대처럼 무늬들도 결혼을 앞두거나, 신혼이거나, 갓 출산한 여교사들이었지요. 학교 일만으로도 하루가 짧은데 집으로 돌아가면 옷 갈아입을 시간조차 없었어요.

우리는 잠을 줄여가며 일해야만 했어요. 안은 곪아도 밖으로는 완벽하게 보여야 했으니까요. 성장기를 모범생 틀 안에서 살았고 나이는 어려도 명색 '선생'이니 그래야 한다고 여겼던 거예요.

빛 좋은 개살구 노릇 그만하고 싶을 때, 그러나 혼자는 어찌할 수 없을 때, 숨구멍이 간절할 즈음 우리는 함께 책을 읽었어요. 책과 관련한 활동도 이것저것 해보구요. '교사들끼리 이런 일도 할 수 있구나' 싶어 놀랍고 즐거웠어요.

『내 생의 아이들』을 읽고는 '우리 생의 아이들'을 위해 매달 돈을 모아 교내 장학회를 운영하기도 했어요. 다달이 돈을 모아 졸업할 때까지 후원했지만 대상이 누구인지는 몰랐어요. 총무와 장학금을 받는 학생의 담임만 알면 되는 일이잖아요.

무늬들은 함께 놀기도 했어요. 시험 기간 오후에 산과 바다를 찾고 제가 차린 밥상에 둘러앉아 시시덕댔어요. 그 순간만큼은 다들 숨을 쉴 수 있었다고 해요. 저 앞에서는 애쓰거나 노력하지 않아도 되었고 마음껏 놀자 하니 좋았다고 해요.

제가 먼저 선생이 되었고, 먼저 결혼했고, 먼저 자식을 키웠으니 저 나이가 되면 저런 삶을 살겠구나 여겼대요. 4년 지나 여러 학교로 흩어진 후 문희가 가끔 불러냈어요.
바쁘다 하면서도 다들 문희의 호출을 기다렸고요. 풀무질이 되는 숨구멍이니 놓을 수가 없었던 거죠.

선생 아니고 싶을 때, 엄마 노릇이 버거울 때 무늬들은 울산을 떴어요. 기껏 제주도일 줄 알았는데 말레이시아, 부탄, 북유럽까지 날았어요. 점점 학교 일에 손때가 묻고 자식들이 자랐기 때문이라고 하지만 우선 자기검열이 줄어서였을 거예요. 선생들의 자기검열, 거참 고약하거든요.

각종 모임이 난무하는 시대에 선생이라고 예외일 리 없죠. 4~5년마다 이동하는 공립학교 교사들은 특히 더해 단체 이름을 정하고 회장과 총무를 뽑은 다음 다달이 회비도 모아요. 그래야 모임이 유지된다고요. 그런데 '무늬들'은 여태까지 회장은커녕 모임 이름도 없어요. 그저 발음 편한 대로 '문희네 - 무니네 - 무니들 - 무늬들'로 흘러왔을 뿐이네요.
어느덧 사십 대에 접어든 무늬들의 총무는 문희예요. 키는 작

은데 그림자는 엄청나게 큰 사람이에요. 문희가 고양이처럼 스
윽 지나간 자리엔 여러 문제도 스윽 해결되어 있답니다. 회장은
공석이에요. 무늬들은 저더러 회장 맡으라고 한 적 없어요. 저도
싫고요.

그래도 말이에요. 참 좋을 때가 있어요. 가끔 무늬들이 하는 말
인데요. 제가 아니었더라면 무늬들은 진작에 흩어졌을 거라고
해요. 뻔한 인사치레겠거니 여겨야 하는데 저는 오줄없이 그 말
이 참 좋았어요. 물론 지금도요.

20년을 함께, 독·도랑 놀자

시간만큼 가차 없이 공평한 게 있을까요? 사람뿐 아니라 모임에도 시간은 내려앉지요. 시간 아래 많은 것이 고이고 썩지만 어떤 것은 흐르고 곰삭아요. '독·도랑 놀자'가 그래요.

'독·도'는 독서, 도서관의 준말이에요. 울산국어교사모임 중의 하나이지요. 2001년 저와 정숙, 경춘이 시작했어요. 함께 근무할 때 배우고 의지한 분, 정숙은 퇴직 이후에도 모범을 보여주고 계세요. 세상 부러울 것 없이 잘 노는 시골 할매로 말이에요. 경춘은 국어 선생이자 그림쟁이예요. 얼핏 보면 날라리, 오래 보면 교육 정신과 예술혼이 투철한 장인이지요.

'독·도랑 놀자'는 열 명 안팎의 국어 선생들이 꾸준히 모여 한 달에 두 번, 책을 매개로 삶을 이야기하는 모임인데 저는 이곳에서 단련한 책의 뼈로 책방지기까지 하게 되었네요.

어느 날의 모임을 살짝 엿볼까요? 이야기 나눌 책은 『말이 칼이 될 때』(홍성수, 어크로스, 2018)이네요. 말이 칼이 된다는 게 무시무시하지만 사실이기도 하잖아요. 책에 나오는 혐오 표현과 대항 표현에 관한 생각들이 오가고 따뜻한 수건이 되는 말들을 하자고 다짐도 해봅니다.

　중간중간 이야기가 다른 곳으로 샌다고요? 아니에요. 사람 이
야기, 살아가는 이야기야말로 시간이 쌓인 독서 모임의 전형이
요, 유지되는 힘이니 당연한 흐름이에요.

　상희는 특히 책임감이 강하고 진지해요. 마음공부를 많이 한
덕순은 내공이 깊고요. 현조는 언제나 바른생활 국어 교사고요.

　구멍 많은 완벽주의자 선미는 말과 행동이 착하고 부지런해
요. 지영은 푸짐한 먹을거리로 모임을 풍성하게 하고요. 혜경은
국어 선생이자 첼로 연주자이기도 한 재주꾼이지요.

K가 취재차 나왔다며 저에 대해 말하라 하니, 이런! 다들 신이 났네요.

"에너지가 넘치고 입담이 좋아요. 어떤 일이든 재밌게 풀어내요."

"빈틈이 많은데 사람이 늘 끓어요. 독도랑 버팀목, 추진력 짱."

"관리자가 조심하는 평교사였어요. 대항 표현, 안전한 그녀의 그늘이 좋았어요."

"학교 일이 안 풀릴 때만 샘에게 전화해요. 마음이 헐거워져서 일도 가벼워지거든요."

"샘은 내게 말했어요. 너는 능력 없어, 하지 마, 중요한 사람 아니야, 포기해……. 그 말로 얻은 행복과 자유가 많아요."

에구, 민망하네요. 그런데 말이에요. 제게는 그들이 그런걸요. 근묵자흑, 유유상종. 뭐 그런 사자성어도 있잖아요. 저를 어떻게 봤든 그들 역시 각자의 방식으로 곰삭은 향기를 내거든요. 제 친구 영자의 경우만 해도 그래요.

영자는 스무 살에 대도시로 처음 나갔어요. 소망대로 시골을 벗어났지만 가난한 집 기둥 하나쯤이 늘 가슴께에 얹혀있었대요. 반면 저는 도시 여자였어요. 우리는 같은 과 동기였지만 공통점이 없었어요. 흔히들 하는 말로, 노는 물이 달랐던 거죠.

영자는 밀양 골짝의 국어 선생이 되었어요. 동생 같은 학생들과 전을 부치고 나물밥을 해 먹었대요. 시를 읊고 형용사, 동사도 가르쳤겠지요.

그러던 어느 날, 영자는 은행에 들렀다가 제가 해직 되었다는 소식을 들었대요. 나중에 제게 말하길, 시골집으로 갈 돈이 쭈뼛 거렸고 딛고 있는 땅이 흔들리는 것 같았다더군요.

학교 다닐 때는 과대표 하면서 자기를 기죽게 하더니 이번엔 해직으로 빚쟁이로 만드는 거냐고 생각했대요. 나쁜 여자라며 혼잣말도 했대요.

긴 세월이 지난 뒤 나쁜 여자, 저는 중앙고등학교에서 영자를 나시 만났어요. 저는 '내 친구 영자'와 수업, 밥, 책, 여행, 독·도 랑을 함께 했어요. 어느 날 영자는 제게 말했어요. 가끔 빚이 떠 오르기도 하지만 이제는 연연하지 않는다고요. 영자 또한 단단한 세계를 가졌기 때문이란 걸 저는 알지요. 물론 독·도랑 사람 들도요.

풍경을 만드는, 혜숙

혜숙은 울산국어교사모임에서 처음 만난 후배 교사예요. 그때 혜숙은 저를 '가까이하기엔 먼 당신'이라고 생각했대요. 허 참, 제가 조직 리더답게 강단 있고 명쾌해서였다나요. 자기 성향과는 안 맞는 사람으로 여겼대요.

사람의 인연이 거기까지였으면 어쩔 뻔했을까요? 다행히 혜숙과 저는 중앙고등학교에서 다시 만났어요. 영화와 책, 커피와 여행 이야기를 종횡무진 나누며 혜숙의 마음이 제게 많이 다가왔고요.

혜숙은 책을 좋아하고 많이 읽어요. 책 좀 읽는다는 국어 선생의 평균을 훨씬 뛰어넘는 수준이지요. 읽기만 하는 게 아니라 저자를 찾아다니기로도 유명해요. 강신주, 고미숙, 이계삼, 엄기호, 송승훈……. 이름만 들어도 알 수 있는, 혜숙이 먼저 찾아가 관계가 깊어진 저자들이 많아요.

필기구를 가득 채워준 혜숙의 선물

"글쎄요. 덕질? 책보다 사람에 대한 매혹, 따르고 싶은 욕망이 제게 있었을 거예요."

"책은 매개였다?"

"앞서가는 분들에 대한 존경이 기본이었고요. 책을 통해 제 삶을 끌어올리자는 거죠."

덕질이라는 표현에 웃음이 나오네요. 일본어 오타쿠(otaku)에서 유래한 말이지요. 맞아요. 혜숙은 열성적으로 좋아하는 분야가 있고 그에 관련된 것들을 깊이 파고드는 경향이 있지요.

K와 혜숙의 대화를 듣고만 있던 제가 끼어들어 봅니다.

"책 읽기든 저자 탐방이든 혜숙의 힘은 나누는 데 있지."

그래요. 혜숙은 혼자 읽지 않아요. 십여 년 넘게 학생들과 '풍경'이라는 독서토론모임을 해왔고 근무하는 학교마다 '교사독서모임'을 꾸렸어요.

사실 사람 모으고, 책 선정하고, 한자리에 모여 책 이야기를 하는 일은 웬만한 에너지로 감당하기 어려운 일이거든요. 그런데 혜숙은 읽기 모임에서 한 걸음 더 나아갔어요. 풍경 학생들의 저자 방문 나들이를 기획하고 '희망 찾기'라는 프로그램을 만들어 유명 저자들을 울산으로 초청했어요.

혜숙의 선물이 생각납니다. 혜숙은 십여 년 전부터 저의 필통을 책임져 왔어요. 필통이 낡듯, 낡은 선생이 되어간다 싶을 때마다 혜숙은 저를 새롭게 무장하게 했네요. 후배의 무시무시한 압박 혹은 격려로 저는 낡을 뻔한 몸과 마음을 일으킬 수 있었고요. 글 쓰는 K가 받았던 선물은 두꺼운 공책이었다고 하네요. 그러니까 K에게도 혜숙은 긴장하게 만드는 후배 교사인 거죠.

책방카페 건물이 올라가는 동안 혜숙은 '바이허니' 공사현장을 자주 찾았어요. 공사용 비계에 올라가기도 하고 중정 자리에서 보기도 하더군요. 저와 함께 건축 책을 넘기고, 여러 책방과 카페를 방문했으며, 설계를 바꾸거나 시공에 의견을 보탰어요.
책방을 오픈하자 날마다 찾아와서 수정할 사항을 공책 한 바닥씩 적어놓기도 했으니 책방카페는 가장 먼저 혜숙이 노는 명석이 되겠지요.
다양한 사람들이 모이면 혜숙은 다시금 아름다운 풍경을 만들겠지요. 저는 그 풍경 안팎에서 혜숙을 응원할 거고요.

분나 마프라트, 화봉식스

교사의 발령지는 희망과 상관없어요. 저도 원해서 봉화중학교로 간 건 아니었거든요. 다음 학교, 그다음 옮길 때도 마찬가지였어요.
그런데 참 이상한 게, 지내다 보면 이 학생을, 이런 동료를 만나려고 이 학교에 왔다는 생각이 드는 거예요. 운명으로 여기게

여름 아침의 마당 브런치

되는 거죠.

순옥, 희영, 부애, 소정은 마지막 학교인 화봉고에서 만난 동료들이에요. '독·도랑'을 함께 만든 정숙은 더 깊은 인연이고요. 그녀들은 특히 손이 부지런했어요. 이야기하며 학생들 과제를 점검하고, 커피를 마시며 학습 도구를 뚝딱뚝딱 만들어냈어요.

그 학교에서 저는 아침마다 물을 끓이고 커피를 내렸어요. 교무실 문을 열고 들어오는 정숙이 복도에 커피 향이 가득하다고 말해줄 때 기분이 좋았거든요. 동료들이 모이면 저는 '분나 마프라트'를 주관하는 주인의 마음으로 커피를 나눴어요.

그게 뭐냐고요? 에티오피아어로 분나는 커피, 마프라트는 의식을 뜻해요. 전통의상을 입은 주인이 생두를 즉석에서 볶고 빻아 커피를 끓여서 손님에게 대접하는 에티오피아의 커피 의식인 거죠.

주인은 가족과 손님들에게 '너의 이야기'를 들으며 첫 잔, '나의 이야기'를 하며 두 번째 잔, '조화를 염원하고 축복'하며 마지막 잔을 비우게 한다 해요.

저도 그런 마음으로 하루를 준비했어요. 동료들은 저의 커피로 하루를 살 힘을 얻는다고 하고요. 분나 마프라트의 힘이었을까요?

힘든 학생을 대하고 더 힘든 관리자를 상대해야 할 때는 저절로 서로의 언덕이 되더군요.

'어떻게 이곳에서' 서로를 만났는지, 운명에 감사하게 되었고요.

두동에 땅이 생기고 터 무늬를 일구어 나가던 시절, 그녀들이 텃밭으로 모이곤 했어요. 약속 없이 저절로 모여 챙겨온 커피와 먹거리를 펼쳐놓는 거죠. 휴일 아침, 식구들이 아직 일어나지 않은 시간에 말이에요.

다른 시간을 빼기 어려운 직장맘이라 아침형 인간이 될 수밖에 없었지만, 몇 해 이어지다 보니 남부럽지 않은 '조찬회동'이 되던 걸요.

이야기하면서 푸성귀 다듬는 거야 기본, 텃밭에서 나온 콩을 까고 생강 껍질도 벗기지요. 한 사람이 특별난 요리를 해오면 그대로 해보고, 텃밭에서 갖가지 먹거리를 채집했어요. 채집의 달인은 단연, 지금은 조 매니저로 거듭난 희영이에요.

책방을 해야 한다고 저를 살살 꼬드긴 죄가 있는 그녀는 지금 책방카페의 모든 것을 고민하며 일손을 보태고 있지요. 희영과 저는 식용이다 아니다, 땅 주인이 임자다 수확한 사람이 임자다, 시시덕대길 즐겨요. 톰과 제리처럼 말이에요. 모인 사람들은 재밌다며 깔깔거리고요.

그 시절 마당에는 철 따라 꽃이 피고 졌어요. 그리고 휴일 아침이면 피크닉 가방을 든 여인들이 모였답니다. 어느 날 희영이 새벽부터 만들었다며 '두부밥'을 내놓네요. 북한에서 유행하는 길거리 음식이라는데 유부초밥보다 부드럽고 촉촉했어요.

조금씩 뿌려 먹는 간장 맛도 상큼하고요. 먹어봤으니 집에 돌아가면 각자 실습해 볼 거예요. 여태 그래왔듯 단톡방은 그 사진들로 시끄러울 테고요. 그날의 커피는 문블랜딩, 특별히 분나 마프라트 주재자로 허니 님이 나섰어요.

저 밑바닥에서부터 올라오는 충만한 감정, 커피를 마시는 얼굴들이 환하게 피어나네요. 아침 햇살이 내려앉는 마당을 바라보며 저도 모르게 혼잣말을 했답니다.

'여기에 무엇이 더 필요하랴.'

계면활성제와 연리목,
웅숭깊은 손

Thanks to_
책세권으로 이끈 사람들 2

계면활성제, 수헌

대학 동아리에서 만난 수헌과 저는 연인 사이였어요. 1989년, 수헌은 16일 차 신입사원이었고 저는 16개월 차 국어 선생이었답니다. 저는 봉화에 살았지만 수헌의 직장은 울산에 있었어요.

수헌은 30년 동안 계면활성제 원료를 만드는 일을 했어요. 계면활성제는 물에 녹기 쉬운 친수성 부분과 기름에 녹기 쉬운 소수성 부분을 가지고 있는 화합물이에요. 그런 성질 때문에 비누나 세제 등으로 많이 활용되고요.

그런데 계면화학을 오래 연구해서일까요? 시나브로 주인이 물건 따라가는 거 있죠? 아, 어쩌면 그의 기질이 계면활성제였는지도 모르겠어요. 물과 기름처럼, 성질이 다른 두 물질이 맞닿는 경계가 그의 자리였고 경계면에 달라붙어 표면장력을 감소시키는 것이 그의 일이었으니까요.

살아갈수록 녹여야 할 경계는 넓어졌겠지요. 회사와 거래처, 상사와 부하직원 경계는 물론 부모와 아내, 아내와 딸 사이에서 수헌은 계면활성제가 되었어요. 기름을 잘게 쪼개 물에 녹아들게 하듯, 자신을 해체하여 기름과 물을 잇고 만나게 했던 거죠.

저는 물인가 봐요. 저와 만나는 사람들은 대개 제 쪽으로 들어왔거든요. 게다가 상대편은 저에게 섞여드는 걸 억울해하지도 않았어요. 다 제가 잘나서 그런 줄로 알았어요. 그런데 이제야 느끼는 게 있어요. 이를테면, 그렇게 되도록 해왔던 게 수헌의 능력이었다고요.

땅을 사고 7년 뒤, 수헌과 저는 두동에 집을 짓기로 했어요. 도심의 아파트를 떠나본 적 없는 우리에게는 엄청난 삶의 전환점이었지요. 엄청 두려웠어요. 하지만 집이 바뀌면 집 안을 채우는 삶의 모습도 달라질 거라고, 그곳에 가장 어울리는 삶을 찾을 수 있을 거라고 믿었지요.

직장이 멀리 있어 주중엔 혼자 지내면서 그야말로 '회사밖에 모르는 오십 대 직장남'인 수헌도 결단을 내렸어요. 새로 지어질 집에서 자신의 삶을 가장 자신답게 채울 일을 찾고자 했거든요. 맞아요. 퇴사, 그리고 커피!

『커피는 과학이다』는 생두를 볶는 과정, 커피 성분을 우려내는 과정, 우려낸 커피가 식는 과정 등에 적용되는 과학적 원리를 담은 책이에요. 화학을 전공한 자연과학도이자 계면활성제를 만들어온 기술자인 수헌에게 커피는 잘 맞았어요. 커피를 볶는 일도, 커피를 내리는 일도 차분하게 화학적 변화를 체크해야 하는 일이니까 말이에요. 한 가지에 꽂히면 극도로 집중하는 성격도 한몫했고요.

회사를 관두자마자 수헌은 꽤 유명한 커피 교육기관에 등록했어요. 커피 내리는 바리스타 과정, 커피 볶는 로스팅 과정을 밟았어요. 원래는 바리스타 시험에 합격해야만 로스팅을 배울 수 있는 자격이 주어지는데, 그는 서울에 오래 있을 수 없다고 기관장을 설득하여 동시에 두 과정을 진행했답니다. 김밥과 햄버거로 점심을 때우며 하루 8시간을 볶고, 내리고, 마시고, 버리고를 반복했지요. 로스팅 훈련 과정을 마치면 전문 로스터 자격시험이거든요. 이 시험은 일정 기준에 도달할 때까지 시험을 무한 반복해요. 시험이 교육이고 교육이 시험인 로스터 자격시험, 길면 1박 2일 동안 진행될 수도 있다네요.

수헌이 이십여 년 가까운 서울 생활을 정리하고 울산 집으로 내려왔어요. 바리스타 자격증과 로스터 자격증을 들고서 말이에요. 저는 책방 이름을 선물로 줬어요. 남편 이름 수헌에서 끝 글자를 따 상호로 삼기로 한 거죠. '헌이'를 '허니'로 말이에요.

'책방카페 바이허니' 상호는 그렇게 탄생했어요.

왕버들을 품은 멀구슬나무, 은학

1989년 봉화중학교에서 은학을 처음 만났어요. 은학은 신규교사, 저는 2년 차였어요. 나이가 동갑인 우리는 이내 친해졌어요. 우리는 봉화에서 함께 먹고 자고 일하며 꽃 같은 청춘을 보냈어요.

돌이켜보니 참교육이니 하는 말들이 그리 거창한 것은 아니에요. 우리가 보낸 삶의 방식이 저절로 그랬으니까요. 시간이 지나고 저도 결혼과 학교 일로 바쁘게 지낼 때였어요.

은학은 서른 살에 여형제가 다섯이나 되는 집의 삼대독자와 결혼했어요. 이런, 저의 오빠였어요. 막연한 바람으로 상상하던 일이 딱 이루어진 거예요.

은학은 모태신앙 기독교인, 부추전 한번 안 부쳐본 막내딸이었어요. 하지만 다달이 닥치는 제사를 무서워하지도 피하지도 않았어요. 시부모와도 갈등이야 없었겠냐만 남편 부모 이전에

친구 부모니까 마음이 눅어지더라고 하더군요. 맞아요. 제게도 은학은, 올케언니와 상관없이 청춘을 함께 보낸 친구였어요.

지금 은학은 경북 성주에 살고 있어요. 대도시 생업에 숨막혀 하던 오빠가 먼저 귀농해 자리를 잡고 은학도 뒤따랐지요. 이제는 학교를 그만두고 딸기 농사를 짓고 농민회 활동도 하고 있어요.

친구라서 그럴까요? 생각과 취향은 물론 삶의 큰 흐름도 닮았어요. 저는 선생 다음에 책방지기, 은학은 선생 다음에 딸기농사꾼!

'연리지'는 은학이 일하는 농사공동체 이름이에요. 쌀, 참외, 딸기와 더불어 유기농 세상을 꿈꾸고 있지요. 은학은 새벽에 딸기를 따고 낮에는 유기농 딸기카페 여주인이 될 거예요. 제게 딸기와 딸기청을 만들어 보내면 저는 '바이허니' 커피로 답하겠지요. 보나 마나 서로의 공간과 프로그램을 자랑하는 시간이 더 길겠죠.

성주와 울산을 잇는 연리지를 타고 사람들도 오가겠지요. 그러다가 큰 물결이 되기도 할 테고요.

울산문수경기장 정원에는 한 나무가 되어버린 멀구슬나무와 왕벚나무가 있어요. 멀구슬나무 구멍에 왕벚 씨앗이 떨어진 게 시작이었대요. 은학과 저는 오랜 세월을 함께 보내며 그런 나무가 되었어요. 자기 모습을 그대로 간직하면서도 하나가 된 '연리목' 말이에요.

얼핏 보면 은학이 날아든 씨앗 같지만 저는 저와 친정 식구가 통째로 멀구슬나무에 깃든 왕벚나무라고 생각해요.

마당 깊은 집, 웅숭깊은 엄마 손

엄마는 일남 오녀를 두었는데요, 친구이자 올케언니인 은학이 그러더군요. 시누이 다섯 중에서 엄마를 가장 많이 빼닮은 이가 저라고요.

엄마는 중풍을 앓으신 할머니를 모시고 육남매를 키우며 아버지의 장사 뒷바라지까지 하셨어요. 아침이면 아홉 식구 아침밥을 차리며 열 개가 넘는 도시락을 줄지어 싸내셨지요. 그러곤 대여섯 명 되는 직원과 거래처 손님들까지 여남은 명의 점심밥을 차려내시고, 종종걸음으로 시장에 가서 저녁 반찬거리를 사와서 식구들 저녁밥을 지으며 마당의 직원들 새참을 또 차려내고. 그런 하루하루를 혼자서 감당해 내셨지요.

엄마는 새로운 요리에 도전하기를 좋아했어요. 장사를 하시던 아버지가 거래처 사람들과 식당에서 새로운 음식을 맛보게 되면 꼭 엄마를 데려가서 먹어보게 했어요. 그러면 그다음 날 우리 집 밥상에는 그 음식이 올라오는 거지요. 그 음식들은 주로 아저씨들이 먹는 '어른 맛'인지라 동생들은 좀 거북해하기도 했지만, 저는 새로운 음식을 맛보는 것 자체를 아주 좋아했어요.

엄마는 동동주도 집에서 담갔어요. 한 해에 열 번이 넘는 제사가 몰려있는 겨울이 되면 안방 아랫목엔 동동주 익어가는 소리가 자글자글 끊이지 않았지요. 동동주를 거르고 남은 술지게미

49재 기간에 며느리, 딸들과 추모여행을 다녀온 젊은 날의 엄마

에 당원을 살짝 섞은 간식을 수시로 먹은 우리 다섯 자매들은 어른이 된 지금도 주량으론 어디서도 밀리지 않게 되었어요.

엄마는 해마다 봄이면 딸 다섯을 데리고 강변으로 소풍을 갔어요. 한나절 동안 뜯은 쑥으로 쑥국을 끓이고 쑥버무리를 만들기도 했지요. 대도시 변두리에서 나고 자란 저에겐 쑥을 뜯는 동안 등에 내려앉은 햇살의 그 따뜻함이 고향의 추억으로 남아있어요. 여름엔 비슬산 계곡으로 몇 번씩이나 물놀이를 가요. 어린 동생들의 목과 엉덩이에 돋아난 땀띠를 삭이는 데 찬 계곡물이

효과적이라는 핑계가 아주 잘 먹혔지요. 가을이면 팔공산 둘레길을 걸으며 은행을 줍고, 겨울이면 짚불을 붙여 고기를 구워먹기도 했지요.

인터넷도 없던 그 시절에 어쩌면 계절마다 어울리는 소풍을 그리 잘 찾아내고 잘 실행하셨는지.

엄마는 식구들의 옷을 손수 지어 입힌 게 많아요. 직물공장과 거래를 하던 아버지라 집안에 자투리천이 넘쳐났거든요. 같은 천으로 크기만 다르게 만든 여름 원피스를 저와 동생들이 나란히 입고 다녀야 할 땐, 친구들이 입고 다니는 '시장에서 산 옷'이 부럽기도 했지요.

어른이 된 후에는 소소하게 가리는 커튼이나 홑이불, 식탁보 등을 만들어서 전국의 딸들 집으로 배송하더군요. 지금도 여름이면 전국 곳곳 형제들 집에는 엄마가 만든 삼베 홑이불이 깔리곤 하지요.

여든이 넘은 엄마, 재봉틀을 돌릴 기력은 없으시지만 그렇다고 가만히 앉아있을 우리 엄마가 아니지요. 아침이면 아들 내외가 딸기 농장에서 일하는 동안 마당의 풀을 뽑고, 빨래를 걷어 가지런히 개고, 허기진 배로 돌아올 아들 내외를 생각하며 밥을 짓곤 하셨지요.

봄비가 보슬보슬 내리는 지난 봄날, 장독대를 돌보러 나가셨다가 미끄러져 팔과 다리에 골절을 당한 엄마, 병원에 입원해서 여러 차례 수술도 하셨건만 결국 소천하신 엄마.

우리 형제들은 빗속에 장독대로 나가신 엄마를 원망하지 않았어요. 아쉽고 안타깝지만 마지막까지도 일손을 놓지 않고 일상을 보살피다 가신 우리 엄마, 그것이 엄마의 인생이니까요.

내가 아주 어렸을 때 부터
시장에서 원단때서 만들어 주시던 바지
맵고 안 단 무말랭이
많은 손자들 탓에 헷갈리면서 부르시던 내 이름 경아
앞으로도 무수히 떠오를 많은 기억들
오늘 나랑 같이 걸어줘서 고마워요
사랑해요 우리 할머니

할머니 영정사진을 들었던 손녀딸 민경이가 남긴 마지막 인사

'만물이 조화로운'
복합문화공간
만화리 책세권을 꿈꾸며

나가는 글

장은 묵히면 맛이 깊어진다는데, 글도 묵히면 깊어질까요?

집 지을 땅이 있었고, 선생을 그만두었으니 집이나 지으려고
했어요. 그 집 한편에 작은 다실을 만들어 친구들을 편안하게 맞
이하려고 했는데 일이 이렇게 커져 버렸어요.
하지만 세상일이 어디 계획대로 되던가요. 내가 살아온 어제
의 결과가 오늘 드러나고 그로 인해 내일을 살아가는 것이겠지
요. 천성적으로 사람을 좋아했고 국어 선생을 오래 한 '어제의
나'로 인해 집이 아니라 책방 카페를 짓게 되었어요.

선생을 그만두고 책방지기로 사는 것이 어떤 이들에게는 좋게
보이는 걸까요? 인생은 참으로 길어지고 있으니 지금과는 좀 다
른 인생 이모작을 꿈꾸고 싶은 걸까요? 촉이 좋은 K가 책방카페
만들기 과정을 글로 써보자고 꼬드겼어요. 꼬드기는 정도가 아
니라 앞서서 내 주변 사람들을 탐문해 가며 글을 죽죽죽 엮어 갔
어요.
동네책방은 도심에서도 망해 나가는데 산골 마을에선 어림도
없다며 고개를 젓는 주변 사람들에게 어제의 나를 보여주며 내
일의 책방카페 바이허니는 잘해 나갈 거라고 설득하고 싶었나
봐요. K는 작가이니 당연히 글로.
K가 작성해 온 책의 목차를 보니 용기가 생겼어요. 목차는 집
으로 치면 설계도에 해당하지요. 설계도가 좋으니 뼈대와 살은
성실히 써나가기만 하면 되는 것이겠지요.

그런데도, 참 오랫동안 묵히고 있었네요. 책방 카페를 오픈하고 보니 낭만과 여유는 손님의 것일 뿐, 하루하루를 종종거리느라 내 이야기를 쓸 겨를이 전혀 없더군요. 터지는 속을 움켜쥐고 오래오래 기다리던 K, 코로나19 방역을 위해 열흘 쉬어가는 이때를 잡아채었네요.

우리는 함께 동굴로 들어가기로 했어요. 바이허니 별채 북스테이에 스스로 우리를 가두었지요. 아침은 커피와 빵, 점심은 매식, 저녁은 허니 님표 간편식으로 생활을 최소화하면서 쓰고 또 썼어요.

책을 써내는 것은 내 삶의 계획에는 없던 일인데, 오랜 벗인 K 덕분에 이런 삶도 살아보는군요. 지금 쓰고 있는 이 작업이 내일 어떤 모습으로 내 삶에 다가올지 설렙니다.

우리가 동굴에 들어간 것을 아는 지인들은 전화도, 문자도 보내지 않는 걸로 저희를 응원하는군요. 일일이 헤아릴 수 없는 그 마음과 손길, 고맙습니다.

다음 브런치 연재를 맡아준 박경혜 님 덕분에 글이 젊어졌습니다. 이성일, 박혜숙, 김진희, 김숙자 님은 글에 걸맞은 사진을 찍어주셨고요. 감사합니다. 책방카페 밴드에 올려주신 손님분들의 사진도 활용하였습니다. 이 자리를 빌려 인사드립니다.

일상에 파묻혀 또 몇 달을 묵힌 원고. 코로나19 확진자가 날마다 1,000명을 넘어서자 정부는 일단 멈춤!을 호소하네요. 내 몸을 지키는 일이 이웃을 지키는 의무가 된 지금, 책방카페도 문을 닫았습니다.

일상이 멈추니 다시 원고를 마주하게 되었네요.

최악의 상황이 가져다준 감사한 여유. 이 아이러니 속에서 글을 마무리합니다.

책방카페 바이허니에서 보냅니다.

태숙